大富豪同心

水難女難

幡大介

双葉文庫

目次

第一章　大水害　7
第二章　警　動　54
第三章　世直しの男　103
第四章　根城は吉原　152
第五章　父と娘　201
第六章　打ち壊し　257

この作品は双葉文庫のために書き下ろされました。

水難女難　大富豪同心

第一章　大水害

一

水無月《みなづき》になった。毎日雨が降り続いている。

夜五ッ（午後八時ごろ）の鐘がどこからともなく聞こえてきた。雨雲が夜空に低く垂れ込めている。辺り一面、墨を流したかのような闇だ。

大粒の雨が大川の川面を叩いている。飛沫《しぶき》が激しく舞い上がっていた。猪牙舟《ちょきぶね》の舳先《へさき》に吊るされた提灯《ちょうちん》の明かりが、飛沫に包まれてぼんやりと霞んで見えた。

普段は穏やかに流れる大川だが、この長雨で激しく水量を増している。川面などはさながら龍のうねるのにも似た有り様だ。猪牙舟は舳先を川上に向けている。船頭が力一杯に櫓《ろ》を漕《こ》ぐが、一向に進んで行く気配もなかった。

「旦那、もう駄目だァ」

船頭が情けない声を張り上げた。

「これ以上、川中に進めたら、舟が引っくりけぇっちまいますよ」

泣きっ面を大粒の雨が容赦《ようしゃ》なく叩いている。顔や首筋もずぶ濡れだ。

舟には卯之吉《うのきち》がチョコンと座っている。菅笠を深く被り、蠟《ろう》引きの道中合羽を着けた完全防水の姿である。チョイと片手で笠を上げて、「おや、そうかい」と呑気《のんき》そうに答えた。

「おやそうかい、じゃあござんせんよ！」

船頭は必死に踏ん張って両手で櫓を押さえつけた。川面で白波が渦を巻いている。渦に飲まれたら猪牙舟は旋回してしまう。

舟は構造上、舳先から波をくらった場合には、どんな大波でも乗り越えることができるようになっている。しかし横波をくらったら最後だ。あっと言う間に転覆する。

波は容赦なく船縁を乗り越えて船内に流れ込んできた。同じ舟に乗っている幇《ほう》間《かん》の銀八《ぎんぱち》が、休む暇もなく、小桶で水を搔《か》き出していた。

船頭は泣き顔半分、呆《あき》れ顔半分で愚痴をこぼした。

「なんだってこんな夜に、舟で吉原に乗り付けようなんて考えなすったんで」

卯之吉は、さも当然、と言わんばかりの顔で答えた。

「だって、山谷堀《さんやぼり》までは猪牙で行くのが吉原遊びの流儀だろう」

「そりゃあ常の夜ならそうでしょうが、この大水の中を舟で乗り出すなんて、正気の沙汰じゃねぇ！」

卯之吉は「ふふっ」と笑った。

「船頭さんが『行ける』と答えたから、乗ったんじゃあないかね」

「そりゃあ、あっしも大川の船頭だ。十三の時分から舟を操ってるんだ。三国屋《みくにや》の若旦那に声をかけられて『大水が怖いから御免蒙《こうむ》りやす』とは言えねぇ！」

江戸っ子らしい意地を張って舟を出したまでは良かったが、予想を超える水量と大波の前に、完全に肝を潰してしまったらしい。

銀八が、この男にしては極めて珍しいことに、緊張感の漲《みなぎ》る顔つきで口をはさんだ。

「すぐに河岸に上がりやしょう！　このままじゃぁお陀仏でげすよ！」

卯之吉は「ふ〜ん」と呑気に答えた。それから銀八に訊ねた。

「あの河岸は、どこの辺りかねぇ？」

大雨の向こうに煙る町明かりを指差す。銀八は桶で水を掻き出しながら答えた。

「諏訪町《すわちょう》の辺りでげしょう」

卯之吉は小首を傾《かし》げた。

「諏訪町には駕籠《かご》屋があるかな？　吉原に歩いていくわけにはいかないからねぇ」

舟が今にも沈みそうになっているというのに、大通人《だいつうじん》としての外聞を気にしているようだ。

「諏訪町にだって、駕籠屋ぐらいはあるでげす！」

「仕方がないねぇ、船頭さん、あの河岸に付けておくれな」

言われるまでもなく船頭は、河岸に向かって全力で漕いでいる。しかし、なかなか河岸に舳先を向けることができない。薄氷を踏みながらさらに綱渡りするような操船なのだが、卯之吉は相変わらず優雅に川面を眺めていた。

（ああ、白波が崩れている。あたしの家の襖絵にそっくりだ。あの絵を描いた絵師さんは、本物の荒波を眺めながら、描いていたのだねぇ）

などと、この際どうでもいいようなことを思い返して感心していた。

猪牙舟はようやく流れを離れて緩やかな岸辺へと移動した。

「おや、桟橋が残らず水に浸かっている」

水量が多いせいで桟橋が水中に沈んでいた。猪牙舟は河岸の石垣へ向かった。

石垣にはダシと呼ばれる石段がある。その石段もあと三段を残すばかりで、残りはすべて水の中だ。

「驚いたねぇ。あとちょっと水が増えたら河岸が河岸の役目を果たさなくなっちまうじゃないか」

卯之吉は呑気そうに感想をもらしたが、船頭は危機感丸出しの真っ青な顔で答えた。

「へい。そうなっちまったら、江戸中が水浸しでございまさぁ」

江戸は何十年かに一度、大水害に襲われる。

しかし卯之吉は呑気なものだ。

「そうなったらお前さん、日本橋の目抜き通りで商売ができるね」

通りを舟が行きかう光景を想像して無邪気に笑った。

卯之吉は船縁を乗り越えてダシに移った。さすがは猪牙舟に乗り慣れた遊び人だ。舟は大きく揺れていたけれども、難なく河岸に上がることができた。

「はい、酒手《さかて》だよ」

山谷堀には行き着かなかったけれども、十分すぎる手当てを弾んで、諏訪町の町人地へと足を向けた。

「やぁ、まるでこれは川の岸辺のようだねぇ」

道が激しくぬかるんでいる。歩きづらいことこの上もない。

銀八は尻端折《しりはしょ》りした身軽な姿で泥を跳ねながら駕籠屋に向かった。

「ちょいとごめんよ。駕籠を一丁、出しておくれなさい」

駕籠屋に明かりはついていたが、まさかこの大雨の中を、しかも夜中に出歩く客がいるとは思わなかったのか、駕籠かきたちはすでに酒盛りを始めていた。赤く染まった酔眼を向けて、銀八をジロリと睨みつけた。

駕籠かきは屈強な大男にしか勤まらない。赤ら顔と相まって、さながら仁王像のような恐ろしさだ。

「こんな大雨の夜に駕籠を出せだと?」

おまけに酒癖まで悪いようだ。喧嘩腰の凄《すご》みを利かせてきた。

銀八は（これは、まずい駕籠屋に飛び込んでしまったでげす）と後悔した。駕籠屋にも良心的な店と、雲助まがいの悪徳業者とがある。質《たち》の悪い店に入ってしまったようだ。卯之吉は吉原には猪牙舟で向かうので、諏訪町などという中途半端な所で駕籠を拾ったことはない。

褌《ふんどし》一丁、袖無しの半纏《はんてん》だけを着けた駕籠かき二人がヌウッと立ち上がって、迫ってきた。

「お前《め》ぇさんが乗るのかい」

仁王が訊ねてくる。その後ろには相棒らしい若い男がいるのだが、この男も一癖も二癖もありそうな顔つきだ。

二人とも身の丈が六尺（約百八十センチ）近くある。仁王にも、大入道にも見える姿だ。銀八は腰を抜かしそうになった。

「い、いいえ、あっしではなくて、ウチの旦那を……。い、いいえ、せっかくの酒盛りを邪魔しちまったみたいでげす。あっしはこれで御免蒙り……」

呟《つぶや》きながら後ずさりしようとしていたとき、

「話はついたかえ」

相も変わらず呑気な口調で卯之吉が間口から入ってきた。駕籠かき二人を見つめてニッコリ笑った。

「やぁ、これは頼もしそうな駕籠かきさんたちだ。それじゃあ吉原大門まで頼むよ」

いきなり巾着《きんちゃく》を取り出すと、二分金を摘《つま》み出して仁王の手に握らせた。

強面《こわもて》の駕籠かきも呆気《あっけ》にとられた様子である。仁王は握られた手を開いて、二分金を見た。

「こんなに、酒手を弾んでもらっちまったんじゃあ、申し訳ねぇ……」

などと呟いた。

「なあに、雨の中を難儀だからね。さぁ、頼むよ、早く出しておくれな」

「へ、へい……」

雲助まがいの駕籠かき二人も、卯之吉の超然とした物腰には毒気を抜かれてしまったようだ。

「だ、旦那は、どちらの旦那さんなんで……？」

おそるおそる、仁王が訊ねてくる。

卯之吉はほんのりと微笑して答えた。

「あたしかい？　あたしは三国屋の卯之吉ってもんさ」

「みっ、三国屋の若旦那様！」

仁王の顔つきが変わった。

「こいつぁ驚いた！　噂に名高《なだけ》ぇ三国屋の若旦那さんが、あっしらのような、しがねぇ駕籠かきにお声をかけてくださるとは！」

恐ろしげなのは見かけばかりで、根は純情な男であるらしい。急いで店の裏に回って、空駕籠を担いで戻ってきた。

「さぁ、お乗りくだせぇ！」

脇の垂をめくりあげる。

「あい、世話になるよ」

卯之吉は身をかがめて乗りこんだ。

仁王は垂を下ろした。

「本当は、こいつを下ろしちゃあいけねぇ決まりなんだが、三国屋の若旦那とあれば話は別だ。お召し物が濡れたらいけねぇ」

卯之吉は訊《き》いた。

「でも、お役人様に見咎《みとが》められたら、面倒なことになるんじゃないかねぇ」

仁王はせせら笑った。

「あっしらを咎める度胸のある役人や岡っ引きがいやがるなら、お目にかかってみてぇもんでさぁ」

確かに、この強面二人が走ってきたら、押しとどめるのに勇気が要るだろう。

ところが卯之吉は南町奉行所の同心でもある。銀八は八巻《やまき》家の小者、いわゆる岡っ引きでもあるのだ。それと知ったら駕籠かき二人は、いったいどんな顔をすることだろう。

仁王は駕籠の棒に肩を入れた。

「いくぞ相棒！」

「応」とばかりに威勢よく、お先棒担ぎが答えた。駕籠は後棒を担ぐのが親方で、先棒を担ぐのが子方であった。

仁王と大入道の相棒である。大雨で足元も覚束ない泥水だったが、驚くべき早さで上野広小路《ひろこうじ》を突破し、花川戸を通過して、日本堤へ入った。

卯之吉は垂をちょいとめくって顔を覗かせた。

日本堤は山谷堀の出水から浅草を守るために築かれているのだが、山谷堀も水《みず》嵩《かさ》がだいぶ上がっている。反対側の浅草田圃《たんぼ》は、と見れば、一面が水に浸かって、まるで広大な湖沼のようだ。彼方に浮かび上がった吉原の明かりが水面に反射していた。

さすがにこの大雨では客足も鈍る。いつもは駕籠で賑わう日本堤も、客の姿は見当たらなかった。

駕籠はあっと言う間に大門の前に到着した。ここから先、駕籠で乗り込むことができるのは医者だけだ。もっとも卯之吉は高名な蘭方医、松井春峰《まついしゅんぽう》の弟子でもあるのだが、野暮なことは言わずに駕籠から下りた。

「いやぁ、速いねぇ。まるで雲の上を飛んでいるみたいだった」

卯之吉は子供のように喜んでいる。実際、こういうときの卯之吉はまるで子供だ。

「へへっ、どうも」

仁王は得意気に鼻の下など擦りつつも、計算高そうな目を卯之吉に向けた。卯之吉は金離れが良いことでは江戸一番の男だ。褒めれば必ず大枚の御祝儀を出す。駕籠かき二人もその噂を知っていたのだ。

しかし卯之吉は金は出さずに、意外なことを口にした。

「せっかく大門まで来たんだ。どうだい、お二人とも、一杯つきあっておくれじゃないか」

「えっ……」仁王と相棒の大入道が絶句した。

「あっしらには、吉原の見世に揚がれるような金の持ち合わせは……」

卯之吉はにこやかに答えた。

「なぁに、あたしの奢《おご》りさ。一人で飲むのも味気ない。あたしの座敷で良かったらご相伴を頼むよ。さぁさぁ、入った入った」

大店《おおだな》の若旦那が揚がる見世だ。総籬《そうまがき》の大見世だろう。登楼するだけで何両も払わねばならない。向こう気の強さが身上の二人も、思わず顔を見合わせてしまった。

「どうする……」

「ううむ……」

などと唸《うな》っているうちにも卯之吉は大門をくぐり、「おぅい、早くおいでな」などと手招きしている。

大入道が腹をくくって仁王に言った。

「こんな機会でもなかったら、おれっちなんかが大見世に揚がることは、金輪際ありえねぇ」

「うむ。そうだ。あの若旦那は酔狂で有名だ。本気で俺たちに酒を馳走しようって腹らしいぜ」

二人は頷きあって卯之吉に続いた。ようやく追いついてきた銀八が、激しく喘《あえ》ぎながら、大門をくぐった。

二

卯之吉が贔屓《ひいき》にしている大見世の大黒屋《だいこくや》は、何十畳もある座敷を持っていたが、それでも、屈強な大男二人が上がりこむと手狭に感じられなくもなかった。

「さぁ、どんどん、持ってきておくれな！」

卯之吉は酒と料理を注文し続けた。駕籠かき二人は大飯食らいの大酒飲みだ。台の物と呼ばれるお造りと、樽酒が次々と運び込まれてきたが、二人はそれぞれペロリと平らげてしまった。

「ああ、小気味よい食べっぷりだ！　さぁ、次の料理を持ってきておくれ！」

大黒屋と提携している仕出し屋と酒屋は大忙しである。忙しければ忙しいほど金が入るわけだから、ここは嬉しい悲鳴といったところだ。

大黒屋の主が文字通り、大黒様みたいな笑顔で膝行《しっこう》してきた。

「毎度御贔屓をいただきまして……。この長雨で客足が鈍っていたところへの御登楼、手前どもには息を吹き返した思いにございます」

「ああ、それは良かった」

卯之吉はこの吉原では大通と呼ばれるほどの粋人である。吉原の内情には通じている。長雨で客足が鈍り、だいぶ痛めつけられていることは理解していた。だからこそ駕籠かき二人を座敷に誘ったのだ。この二人は一人で十人分は飲み食いするだろう。その分だけ大黒屋と仕出し屋と酒屋に金が落ちるという寸法だった。

卯之吉の好意は大黒屋も理解している。だからこそこうして主人自らが礼の挨拶にやってきたのだ。

主は上目づかいに訊いてきた。

「菊野太夫《きくのたゆう》を、お呼びいたしましょうか」

菊野太夫は吉原随一の花魁《おいらん》。卯之吉の馴染みの敵娼《あいかた》だ。卯之吉が吉原に登楼する際には必ず座敷に呼ぶことになっていた。

しかし卯之吉は、その日ばかりは首を傾げて考え込んでしまった。

「仲ノ町《なかのちょう》もまるで泥田の畦道《あぜみち》だ。太夫の着物が汚れちまったらかなわないね」

こんな大雨の中だって、座敷に呼ばれた花魁は、いわゆる花魁行列を組んでやってくる。作法に従って外八文字を踏んで、気の遠くなりそうな時間をかけて歩いてこなければならない。付き人の振袖新造や禿《かむろ》、牛太郎《ぎゆうたろう》まで豪雨にさんざん打たれなければならないのだ。

そんな姿はちっとも粋じゃない、と卯之吉は考えた。それに、花魁が行列を作っても、眺めてくれる者もいない。誰もいない真っ暗闇の豪雨の中を行列で進んだところで、花魁にとっても吉原にとっても、なんの意味もない。

「まぁ、今夜はよしておこうよ」

卯之吉がそう言うと、大黒屋の主はホッとした顔つきで頭を下げた。

「そうしていただけると助かります。代わりに手前のところの女と芸者をお出しいたします」

菊野太夫の手前、馴染むことは許されないが、酒の給仕役くらいはできる。

「花魁の代わりにあちらの二人がいるから寂しくないよ」

卯之吉は駕籠かき二人に目を転じた。

「それにしても、よくお食べになるねぇ」

卯之吉は二人の食いっ振りを目を細めて眺めていた。

「おや、また台の物が空っぽだ。うん、次を頼むよ」

「ははっ、只今」

大黒屋の主は低頭してから、しかし、と続けて、顔の汗を拭いた。

「台の物と申しましても、あのような粗末な料理しかご用意できず……」

台の物は、その名の通りに大きな台の上に盛りつけられている。しかし基本、その料理には客は手をつけない。鑑賞用の料理で、座敷がはねた後で遊女たちが夜食として食べる。卯之吉はそうと知っているからこそ、次々と台の物を注文している。ちゃんと遊女たちが食べる分も買ってあげるつもりだ。

しかしながら、今日の台の物は、これまでに見たことがないほどに粗末であった。新鮮な膾《なます》や、酢の物などはまったくのっていない。佃煮《つくだに》やたくあん大根などが飾られている。もちろん見た目は佃煮やたくあん大根に見えないように工夫してあるわけだが、日頃見慣れた料理からは、数段劣っていた。

「この長雨でございまして、新鮮な魚や青物（野菜）がまったく手に入らないのでございますよ」

「ははぁ……」

卯之吉は、先ほど目撃した大川の有り様を脳裏に思い浮かべて、納得した。

「あの大水では、川上から青物を運んでくることも難しいだろうねぇ」

江戸で消費される野菜は、江戸近郊の農村から川船に乗って運ばれてきて、千《せん》住《じゅ》などの青物市場に卸されるのだ。

舟運（河川流通）を支えている川船は底が浅くて平たい。増水して荒れ狂う川に舟を浮かべることは自殺行為に等しかった。

もう一つの食材である魚は、江戸前の海や房総《ぼうそう》の海から江戸の魚河岸まで運ばれてくる。

これまた悪天候には弱い。

空気を読まない幇間の銀八が、台の物や吸い物の碗などを覗きこんで、「しけているでげすなぁ」などと正直すぎる感想を漏らしている。

海が時化《しけ》ると江戸市中の食材は途端に貧弱になる。粗末な食事を指して「しけている」と言うのは、海が時化ると食膳が貧しくなるところからきている。

食品を保存する技術は、漬物にしたり、佃煮にしたりするくらいしかない。そしてその通りの料理が、台の物にのっていた。

それでも駕籠かき二人にとっては御馳走であったらしく、「美味い美味い」と涙でも零《こぼ》さんばかりの顔つきでかきこんでいる。しけているわりには、景気の良い食卓の様子となって、それはそれで座敷を賑わす効果があった。

大黒屋の主は、客商売であるから、この天候には頭を悩ませている。

「まったく今年は、梅雨が長すぎますよ」

「そうだねぇ」

「このままでは地回り（江戸近郊）の品々ばかりか、下り物まで事欠くようになってしまいますでしょう」

「それは困ったねぇ」

卯之吉が愛飲している酒も、上方の灘から回船で運ばれてくる。

「まぁ、そのうちなんとかなるでしょう」

天候ばかりはどうにもならない。止まない雨などないのだ、と言い聞かせるより他になかった。

空になった銚子の代わりに、新しい銚子が運び込まれてきた。片襷《かただすき》の女中が卯之吉の前に銚子を据えて低頭する。その時チラッと、鋭い眼差しを向けられたような気がしたのだが、卯之吉は特に気にする様子もなかった。

お峰《みね》は空の銚子を抱えて、卯之吉の座敷を出た。

（この大雨だというのに、いい気なものだ）

と、呆《あき》れる思いであったのだが、しかし、並の遊び人であれば、こんな夜にわざわざ吉原に通ったりはしない。そういう意味ではもしかしたら、意志の堅固な男なのかも知れないわけだ。

（まったく、摑み所のない男だよ）

お峰という殺し屋の流儀は、狙った相手の暮らしぶりを調べ尽くし、その好むところや弱点を知り尽くすことから始まる。かくして卯之吉の生活ぶりを探っているのだが、これがなんとも不可解なのだ。

吉原なんぞに通ってくるのだからよほどの女好きなのだろう、と思っていたら、そうでもない。現に今夜も菊野太夫を座敷に呼ぼうとはしない。

色仕掛けで骨抜きにして、寝首を掻く策は上手くいきそうにない。

（それに、あんな男たちを手懐《てなづ》けていやがる……）

屈強の男二人に惜しむことなく料理を食べさせ、高価な下り酒を飲ませていた。

（ああやって、強面の男衆を手下にしているってわけかい）

あんな巨漢が盾となって立ちはだかってきたら、暗殺は必ず失敗してしまうだろう。

お峰は手元の銚子に視線を落とした。

（給する酒に毒を混ぜれば、あんな男、殺すことなどわけもないけどね）

しかしそれでは、三国屋の若旦那が頓死した、というだけの話で終わってしまう。それではお峰の復讐は、半分しか成し遂げられなかったことになる。

（南町の八巻には散々な赤っ恥をかかせてやる。そのうえで、誰の目にもそれとわかるように、殺してやるのさ）

江戸の悪党たちは皆、八巻の影を恐れて息をひそめている。江戸の裏社会は死んだように静まりかえっていた。

だからこそ、八巻に散々な恥をかかせて、その有り様を満天下に示したうえで、殺してやらねばならなかった。

江戸の闇社会に手を出せば、八巻といえども悲惨な末路を迎えるのだ、という事実を、役人たちや町人たちに思い知らせる。役人や町人は震え上がるであろう。

そこまでやってようやく、江戸の悪党どもは存分に悪事を働くことができるようになるのだ。

（八巻さえ始末すれば、この江戸は悪党の天下になるはずさ）

八巻の声望が高いぶんだけ、八巻が殺される衝撃は大きい。江戸中が恐怖に身震いし、悪党の力に恐れ入るだろう。

お峰はそこまで読んだうえで、卯之吉を始末しようと考えていた。

三

夏の夜は明けるのが早い。東の空が白むのを見て、卯之吉は八丁堀の屋敷に戻るつもりになった。

仁王と大入道は、飲むだけ飲んで早々に酔い潰れ、おおいびきをかいて寝ている。大黒屋に置いていくわけにもいかないので銀八に起こさせた。

「旦那がお帰りでげすよ。さぁ、駕籠を用意しておくんなさい」

二人は十分に寝足りた顔つきで、パッチリと目を覚ました。

「おう、もうそんな刻限か」

仁王と大入道がムックリと身体を起こす。畳の上で寝ていたので身体がこわばっているのだろう。大あくびをしながらグキグキと首を鳴らした。

卯之吉は銀八と駕籠かき二人を連れて表に出ようとした。上がり框《かまち》に立って、びっくり仰天した。

「土間が……、まるで海だよ」

降り続いた雨水が大黒屋の土間にまで流れ込んでいる。間口から表を見れば、仲ノ町の通り（吉原の中心を貫く大路）がまるで川のようだ。誰かが脱いだ草履《ぞうり》がプカプカと流れていった。

大黒屋の主が心配そうに声をかけてきた。

「今日は、お戻りにはならないほうが宜《よろ》しいのでは……」

卯之吉は「うーん」と唸った。

「でも、お役目があるからねぇ」

奉行所を欠勤するわけにもいかない。

大黒屋の主は不思議そうに聞き返した。

「お役目とは？」

「いや、なんでもない」

卯之吉は沓《くつ》脱ぎ石に足を下ろした。下足番が揃えてくれた日和《ひより》下駄をつっかける。続いて仁王と大入道が土間に下りた。仁王は乱杙歯《らんぐいば》を剝き出しにした。どうやら愛想笑いをしたつもりらしい。

「なぁに、若旦那にゃあオイラたちがついてる」

卯之吉も少しばかり安堵《あんど》の表情を浮かべた。

「そうだよねぇ。少しぐらいの出水なら、難なく乗り越えられそうだ」

「任せといておくんなせぇ。お屋敷までお届けしやすぜ」

二人は分厚い胸板を、大きな握り拳で叩いた。

卯之吉は目を細めて頷いたのだが、銀八に袖を引かれた。

「若旦那、八丁堀のお屋敷まで駕籠で帰るわけにはいかねぇでげすよ」

「わかってるよ。まさか、八丁堀まで大水がつづくわけじゃあないだろう」

小声でゴチャゴチャと話し込みながら大門に向かう。仁王たちはすぐに駕籠を担いでやってきた。卯之吉はスルリと乗り込んだ。

「さて、とりあえず、地面のあるところまでやっておくれな」

「合点だ」

二人は駕籠を担いで走り出した――のだが、

「畜生、相棒、こいつぁ難儀だ」

先棒担ぎの大入道が愚痴をこぼした。水は踝《くるぶし》近くまで上がってきていた。水をかき分けながら進むのは、いかに屈強な駕籠かきでもきつい苦役であった。

仁王が叱った。

「馬鹿野郎！　昨夜《ゆんべ》はさんざんゴチになって、精力をつけたじゃねぇか！　これっくらいで泣き言をこぼすな！」

と言いつつも、仁王の足もふらつき気味だ。

卯之吉は（すまないから、駕籠から降りて歩こうか）などと思ったりしたのだが、しかし、駕籠かきたちでさえ難儀している所へ、自分などが足を下ろしたら数歩も歩かないうちに遭難する、と直感して、駕籠の紐《ひも》にしがみついていた。

雨は勢い良く降り続いている。駕籠の周囲で凄《すさ》まじい雨音が弾けていた。横殴りの雨が垂にザーッ、ザーッ、と吹きつけてきた。

（確かに、こんな日に吉原に登楼しようなんて考えるのは、あたしぐらいのものでしょうねぇ）などと卯之吉は、他人事のように微笑んだ。

「おう、やっとこさ地面だ」

先棒担ぎの声がした。日本堤の上に差しかかったらしい。

日本堤は山谷堀の決壊から浅草を守るために築かれている。さすがに堤の上までは水をかぶってはいない。

空が明るくなってきた。とはいえ分厚い雨雲が垂れ込めている。夜が明けても周囲は薄闇に包まれたままだ。

それでも、次第に遠くまで景色が見通せるようになってきた。

「うおっ」

先棒担ぎが野太い声で吠えた。後棒の仁王も息を飲んだ気配だ。「な、なんなんでぇ、こいつは……」などと呟いている。

「どうかしたかえ」

卯之吉は片手で垂を捲《めく》り上げ、駕籠の横から顔を突き出した。そして、視界に飛び込んできた光景に言葉を失った。

（あ、浅草が……）

水の中に沈んでいる。

浅草は俗に、浅草田圃と称されるほどの田園地帯だ。江戸市中ではあるが広大な百姓地が広がっている。この季節だと、畦田に稲が青々とした葉を伸ばしているはずなのだが、その稲の葉も残らず水没していた。

田畑を仕切る畦も、田畑の間を伸びる畷《なわて》（農道）も水の底だ。見渡すかぎりの湖沼と化している。風に吹かれるたびに水面が白く波うっていた。

浅草寺《せんそうじ》の伽藍《がらん》や五重の塔と、吉原の遊廓だけが、水の上に浮かんでいる。呑気者の卯之吉でさえ、戦慄《せんりつ》を禁じ得ない光景であった。

仁王も身を震わせている。

「なんてぇこったい……。道も集落も、水の底に沈んでるじゃねぇか……」

卯之吉は視線を南に転じた。山谷堀は大川に通じている。大川は昨夜以上の大増水だ。山谷堀の出口から大川の水が逆流してくるようにも見えた。

大川沿いには浅草御蔵がある。札差《ふださし》の家に生まれた卯之吉は、浅草御蔵に旗本や御家人へ支給される扶持米《ふちまい》が蔵されていることを知っていた。

「いったい、どうなってしまうのだろう……」

卯之吉は言葉を失った。

四

いつでもどこでも気が長く、常に薄ら笑いなど浮かべている卯之吉だが、さすがにじっとしてはいられなくなって、駕籠かき二人と別れると、その足で南町奉行所へ向かった。

同心の出勤時刻は昼四ツ（不定時制であるため、この季節だと午前九時十五分頃）だが、大災害の発生時には皆、早朝から押っ取り刀で駆けつけてくる。奉行所の門は出入りする役人とその小者たちでごったがえしていた。

卯之吉は朝帰りから直で出仕してきたので町人姿のままだ。脇の耳門《じもん》をくぐろ

うとすると町奉行所の小者から、

「訴えの筋なら、正門へ回りなさい」

と注意されてしまった。

卯之吉はニッコリと微笑んだ。

「吉さん、あたしだよ」

吉三郎《きちさぶろう》という名の小者は、「あっ」と驚いた。

「やっ、これは八巻様……！　大変失礼をいたしました。いや、その、町人のお姿がやけに板についていなさるもので、すっかりどこかの商家の若旦那でもあるのかと……」

「うん、この姿で見廻りをしていたところさ」

いつもの調子で誤魔化した。何度もついた嘘だから慣れたものだ。

「それじゃ、通らせてもらうよ」

卯之吉は南町奉行所に入った。

同心詰所に向かおうとしたところで、筆頭同心の村田銕三郎《むらたてつさぶろう》と鉢合わせをした。

「ああ、村田さん、お早《はよ》うございます」

村田は、無理もないことだがいつにもまして険しい顔つきをしている。早口に捲し立ててきた。

「お早うございますじゃねぇ。悠長に挨拶なんかしている場合か——って手前《てめ》ぇ、なんだその格好は。また見廻りでもしていやがったのか」

「はぁ」卯之吉は適当に話を合わせた。

「たった今、浅草の辺りを見てきましたけどねぇ、浅草田圃はまるで湖でしたよ。水から顔を出しているのは浅草寺さんと吉原だけって有り様でした」

「なんだと！　日本堤が切れたのか！」

「いいえ、あたしが見た限りでは、まだ切れてはいませんでしたけどね。大川の水が逆流してくるようなのでして」

「くそうっ、ふざけた真似を！」

いったい誰に向かって怒っているのか、卯之吉にはよくわからない。まさか川の水に怒っているわけではないのだろうと思ったのだが、そうとしか考えられない。

村田という男は同心の仕事に誇りを持っていて、江戸の町を熱愛しているように、卯之吉の目には映っている。江戸の町人の敵である悪党を憎むこと甚《はなは》だしい。それと同じ流儀で悪天候をも憎んでいるようだ。

「村田さんは、これからどちらへ？」

「俺か？　俺は勘定奉行所に行ってくる。大川の橋が今にも流されそうなんだ」

川や橋の被災を警戒するのは町奉行所の仕事なのだが、橋そのものを設営、管理しているのは勘定奉行所だ。元々、橋を架けたり路を造ったりするのは関東郡代という役所の仕事だった。その関東郡代は勘定奉行所に吸収された。

そのうえ大川の河口付近は御船手奉行の向井《むかい》家の縄張りでもある。

支配権が錯綜しているので、こういう時にはやたらと面倒なことになる。筆頭同心の村田が走り回って根回しをしなければならない。

「お前ぇはこれからどうする気だ」

村田は卯之吉を睨みつけた。卯之吉という男は役目を与えておかないと、どんな大事件の時でものんびりと座して、日がな一日、茶などすすっている。

「あたしですか？　そうですねぇ、三国屋にでも顔を出してみますかねぇ」

「札差にか？　なんの用件だ」

「はぁ、浅草御蔵も水を被っていたようなのでねぇ。お米の手当てはつくのかと、それが心配になっちゃいまして……」

卯之吉は、町奉行所の職務について深く考えていたわけではなく、おまんまが食べられなくなってしまったら大変だ、ぐらいのつもりで言ったのだが、この場合は正鵠《せいこく》を射た献言であったようだ。

「手前ぇにしちゃあ悪くねぇ思いつきだ。行ってこい」

村田なりに褒めているつもりらしいのだが、褒めているようにはまったく聞こえない。しかし村田はいつもこんな調子なので、卯之吉としては慣れっこだ。

「あーい」と間の抜けた返事を返した。


卯之吉の実家、三国屋は、日本橋の室町にある。

三国屋は両替商や大名貸しなども手広く商っているが、本業は札差であった。徳川の家来たちは給料を米で支給されている。その米はもちろん、徳川家の領地（当時は公領と言った。のちに天領とも称された）で穫れた年貢米だ。毎年二回、米がそれぞれの旗本や御家人に支給される。旗本や御家人たちは、自分たちが食べる分を取っておいて、残りの米を売却し、現金に換えた。

この米の販売業務を肩代わりしているのが札差だ。武士から預かった米俵に、その家の名が書かれた札を差して回る姿から、札差と呼ばれるようになったらしい。

「ああ、日本橋まで水浸しだよ」

卯之吉は呆れ顔で呟いた。普段は荷車が威勢よく往来する大路が、泥の河になっている。

「若旦那、気をつけてくだせぇ。掘割に落ちたらお陀仏でげす」

銀八が注意を促した。掘割から溢れ出た水が橋の上を流れているような有り様だ。土色に濁った水なので底が見えない。どこが道でどこが掘割なのかわからないから、うっかり嵌《は》まったりしたら大変なことになってしまう。

「あっしが先に行くでげす」

銀八が先導して歩き始めた。しかしこれがなんとも心許《こころもと》ない。

普通、幇間は小才の利いた者が務めるのだが、銀八には才気のようなものはまったくない。卯之吉以上の粗忽者《そこつもの》だ。

頼りない主従は泥水に足をとられながら、あっちへふらふら、こっちへふらふらしながら、ようやく、三国屋の店の前までたどり着いた。

普段は暖簾《のれん》の前に待機していて、客の姿を見ればサッと暖簾をかき上げてくれる丁稚《でっち》の姿もない。

「只今戻りましたよ」

卯之吉はごく自然な態度で店に入った。同心の家を継いで町方役人になったのだが、その自覚はまったくない。精神構造は三国屋の放蕩《ほうとう》息子のままだ。

卯之吉が同心になったという事実は、三国屋でも一握りの者しか知らない。三国屋には六番番頭までいるのだが、卯之吉の転身を知っているのは一番番頭と二番番頭、徳右衛門《とくえもん》の身の回りの世話をしている腹心の手代が一人いるだけだ。

他の者たちは、卯之吉は上方の出店で商人修業をしているのだと思い込まされていた。

「ああ、若旦那様、よくぞご無事にお戻りなさいました」

手代の一人が駆け寄ってきた。札差の手代だというのに捩《ねじ》り鉢巻で尻端折りまでしている。

卯之吉は「ぷっ」と噴き出した。

「なんだい喜七《きしち》、まるで船頭さんみたいなお姿だ」

「笑い事じゃありませんよ、若旦那様」

喜七の足元は踝まで水に浸かっている。三国屋の土間も浸水に見舞われていたのだ。

「ああ、大変だね。ところでお祖父様はご無事かい」

「へい。昨夜は一晩中、手前どもを差配して荷をお蔵の二階へあげさせたり、蔵の入り口に土嚢《どのう》を積ませたりなさっておいででした。今は奥座敷でお休みでございます」

「あのお祖父様がこの程度でへこたれることはないでしょう。ちょっとご挨拶してきますよ」

卯之吉は一段高い板敷きの上に上がろうとして、はたと困惑した。

「濯《すす》ぎは？」

泥足のまま上がるわけにはいかない。しかし足を濯ぐ小桶などはどこにもない。

喜七も困り顔をした。

「井戸の水も濁っているような有り様でございます」

「へぇ！　井戸の水が」

江戸の水は武蔵野の湧き水から引かれている。今回のような大雨では、上水にも田圃から溢れた泥水などが流れ込んでしまうから、どうしても井戸水が汚れてしまうのだ。

喜七は顔をしかめた。

「今日は飯が炊けるのかどうか……。水の濁りもさることながら、台所の竈《かまど》まで水を被ってしまいましたからねぇ」

「お困りだねぇ」

店の下女が雑巾を持ってやってきた。卯之吉は足を拭いてもらって家に上がった。

卯之吉が奥座敷に入ると徳右衛門が床の間を背にして、ガックリと座り込んでいた。

気丈で病知らず、巷《ちまた》では〝商いの化け物〟などと陰口を叩かれている徳右衛門だが、もう七十歳の高齢だ。さすがに気落ちしているのだろうか、と思ったら、卯之吉を見上げて炯々《けいけい》と鋭い眼光を向けてきた。

卯之吉は（ああ、これなら心配ない）と安堵しながら正座した。

「只今戻り――」

「あっ、これは、南町の同心様の八巻様！」

飛び跳ねるように立ち上がると、両手を突き出してドスドスと突進してきた。

「ようこそ三国屋にお渡りくださいました！　さぁこちらへどうぞどうぞ」

と、腕を取って引っ張って、無理やり床ノ間の前に座らせた。自分は座敷の下座に正座して、「ハハーッ」と仰々しい態度で平伏した。

卯之吉はいつもながら呆れてしまう。卯之吉を勝手に同心に仕立てあげたのは徳右衛門だ。自分でやっておきながら、自分ででっちあげた同心の卯之吉をありがたがっている。

「八巻様、八丁堀のお屋敷も水を被っているのではないかと、僭越《せんえつ》ながら徳右衛門、八巻様の御身を案じておりました」

「はぁ」

そう言われてみれば、八丁堀の屋敷には戻っていないが、大丈夫だろうか。

（まぁ、屋敷はともかく、美鈴《みすず》様のことでしたら心配いらないですけどね）

などと呑気に構えながらも、さすがにこの災害、呑気な卯之吉の心にも暗い影を落としていないこともない。

徳右衛門は最愛の孫である卯之吉の顔を見て、すっかり元気を取り戻した様子だ。

「この大水の中を、ようこそお渡りくださいました」

卯之吉は何気なく挨拶を返した。

「まぁ、これもお役目でございますから」

すると、徳右衛門がハッと我に返って、総身に震えを走らせた。

「大水の被害についての、ご下問にございまするか！」

ハハーッ、と、またも大げさに平伏した。なにやら話が進みそうにないので、卯之吉は手を伸ばして言った。

「そんな堅苦しい話じゃございませんよ。ちょっと様子を見に来ただけですよ」

卯之吉は何気なく、先ほどの喜七の言葉を思い出して、続けた。

「今日のおまんまを炊けるかどうか、などという話になっているようですねぇ」

すると徳右衛門は、札差の職分について問われたのだと勘違いして、畏《おそ》れかしこみながら答えた。

「ハッ、下町は言うに及ばず、九段下から日本橋、芝の辺りまでの出水、おそらくこの一帯の米屋は残らず泥水を被っておりましょう。大川の向こうには人をやることができませんので、まだわかりませんが、おそらく本所深川の米屋も壊滅したものかと」

「ああ、それは大変だ」

「江戸の米屋がその米を供給することができなければ、江戸に住み暮らす者は、皆飢《う》えてしまいまする」

札差は米販売の手数料で稼ぐ。本当ならば幕府が直営でやるべき仕事だ。「銭勘定などという卑しい仕事はしたくない」と武士たちが思っているので、丸投げにされている。

公共性の高い仕事であるので、今回のような災害の際には、幕府の命で重い責務を負わされることになる。

卯之吉は、今朝、目にした光景を伝えた。

「浅草御蔵も水を被ってましたよ」

「それは困りました。浅草御蔵には江戸中の米が収蔵されておりますから。市中に出回る米も足りなくなりましょう」

家臣の給料を米で支給している幕府にとって、米は食料であると同時に貨幣でもあった。しかしこの貨幣は汚水を被ると価値がなくなる。小判や銅銭なら洗えばすむが、米は濡れると、すぐに腐ったり黴《か》びたりする。

「でも、お米はまだ、公領のお蔵にもございましょうから」

卯之吉は呑気そうに言った。

徳川幕府の直轄領は関八州の全域に広がっている。公領で穫れた米は、代官所などの蔵に貯蔵されていて、江戸の米が足りなくなると運ばれてくる。

徳右衛門は渋い顔つきになった。

「江戸にこれだけの水が出たということは、当然、川上にも大雨は降ったということでございますよ。公領の米蔵が無事なら良いのですが」

幕府と江戸の町人たちが豊かであればこそ、稼ぐことができるのが御用商人というものだ。

「手前どもの金蔵を開けて、諸国の米を買い集めるようなことになるかも知れませぬなぁ」

米一石の値段はおよそ一両。三国屋の金蔵に入っていると噂されている、十万両もの金を使えば、十万人が一年に食べる米を確保できる。それだけの米があれば被災者に十分行き渡らせることができるはずなのだが、徳右衛門の顔つきはまったく晴れない。

「米の値は天井知らずに上がりましょう。公領の米蔵まで被害を受けているとすれば、果たして、どうなりますことか」

と呟いてから「ハッ」と顔色を変えて、平伏した。

「お役人様の八巻様の前で弱音を吐くとは……、この三国屋徳右衛門、一生の不覚にございまするっ！」

卯之吉は呆れて祖父を見つめた。

「まぁ、そのように、上役には伝えておきますよ」

「ははっ、米の確保につきましては、この徳右衛門、身代を投げ打ってでもあい務める覚悟にございまするっ！」

「まぁ、無理をしない程度に頑張ってくださいまし」

卯之吉はスラリと腰を上げた。

「それじゃあ、あたしは南町奉行所へ戻ります」

畏《かしこ》まる徳右衛門に見送られながら、八巻卯之吉は三国屋を後にした。

空はいくぶん明るくなってきたようだが、それでも雨は止まない。

「昨日の船頭さんがいてくれたら、どんなにか心強いだろうにねぇ」

冗談とも本気ともつかないことを言いながら、卯之吉は銀八を連れて、泥の川となった道を歩いて、奉行所に戻った。

五

南町奉行所に出仕しても、卯之吉にはやることが何もない。徳右衛門と交わした話の内容を内与力の沢田彦太郎《さわだひこたろう》に報告し終えると、いったん屋敷に戻ることにした。

八丁堀の屋敷へ向かって道を歩いているうちにも、洪水の水嵩《みずかさ》はどんどん上がってきて、いつしかふくらはぎにまで達するほどになった。

「これは難儀でげす」

銀八も愚痴をこぼしている。

「八丁堀の辺りはねぇ、東照神君様が江戸に乗り込んでこられた当時は、まだ海だったというからねぇ」

低湿地や遠浅の干潟を埋め立てて造った町が江戸なのだ。

「上野の不忍池《しのばずのいけ》が入り江の一番奥だった、って話を聞いたよ。上野のお山は海に突き出した岬だったのだねぇ」

吉原の客は遊び人だけとは限らない。学者にだって酒好き、女好きはいっぱいいる。物知りから聞かされた話を卯之吉は思い出して、(元が海だったのなら、この有り様も仕方がないねぇ）などと考えた。

屋敷に近づくと、「ワッショイ、ワッショイ」と威勢のよい掛け声が聞こえてきた。男衆が集まって騒ぎ立てているらしい。

「なんだろうねぇ、お祭りかねぇ」

「そんなわけがねぇでしょうに。あれは、お屋敷のあたりでげすよ」

卯之吉と銀八が歩んでいくと、その姿を目に留めた若い衆が叫んだ。

「旦那のお帰り！」

卯之吉の屋敷に門はない。三十俵二人扶持の同心は門を構えることが許されていない。片開きの木戸が開けられて、三右衛門《さんえもん》が飛び出してきた。

「ようこそご無事で！　心配《しんぺ》ぇしておりやしたぜ！」

卯之吉の前に駆けつけてくると、両手を両膝に揃えて低頭した。卯之吉は虚を突かれてしまって、目を丸くして三右衛門を見おろした。

荒海《あらうみ》ノ三右衛門は赤坂新町に一家を構える侠客だ。裏社会の大物である。それほどまでに恐ろしい大親分を前にして、悠然と胸を反らせて含み笑いまで浮かべている卯之吉は、確かに傍目《はため》には、たいした大物同心に見えないこともない。

三右衛門は、愛想笑いなのかなんなのか、不気味な上目づかいで卯之吉の顔を見上げてきた。

「旦那のお屋敷が水をかぶっちゃいめぇかと、手下どもを引き連れて、お見舞いに参じたところでございやした」

「ははぁ、それはありがたいねぇ」

「へぇ。お褒めの言葉を頂戴いたし、この三右衛門、身に余る果報者でございまさぁ」

卯之吉は自分の屋敷に入った。そして、天井を見上げてびっくりした。

天井板がすべて外されている。そして、すべての畳が、屋根裏の梁《はり》の上にあげられていた。

どこから持ってきたのか、大きな桶が座敷の真ん中に置かれて、その上に箪笥《たんす》が載せられている。襖や杉戸も集められ、束ねられて、いくつかの桶の上に横たえられていた。

江戸の俠客とその子分たちの素性は、関八州の流れ者がほとんどだ。関東平野は大河が多く流れていて、ちょっとした大雨で洪水を起こす。洪水に対する手当てはお手の物であった。

「なるほど、たいしたものだねぇ」

卯之吉は感心した。三右衛門と子分たちは満足そうに微笑んだ。

「ところで親――じゃなかった、三右衛門」

親分と呼びかけると三右衛門の面目が潰れてしまうらしい。どうして「親分」と呼んだり「三右衛門さん」と呼んだりすると三右衛門の体面が傷つくのか、いまだに理解できないのだが、「そう呼べ」と常々言われていたので、ここは素直に呼び捨てにした。

「あたしの屋敷の備えをしてくれたのはありがたいけど、三右衛門のお店のほうは大丈夫なのかえ。こんなに若い衆を連れてきちゃったら、あっちが手薄になっちまうだろうに」

「なぁに、赤坂新町は坂の上ですから、大水の心配はございません」

「なるほど、それならいいけど。……赤坂新町の辺りにはお大名屋敷も多かったよね。お大名様のお屋敷や米蔵も、大丈夫そうかな？」

「まずは、心配《ぺ》ェいりやせんでしょう」

卯之吉はホッと安堵した。

江戸の人口は百万人とも言われているが、その半分以上を占めているのは武士だ。大名や大身旗本の屋敷は山の手や駿河台《するがだい》などの高台にある。彼らの屋敷の米蔵が無事なのなら、用意しなければならない米の量は半分ですむ。さらに言えば、「当座の米を供出するように」と幕府から大名家に命じることもできるはずだ。

（江戸の町人は、どうにかこうにか、救われますかねぇ）

卯之吉は「着替えをするから」と断って、奥の座敷へと向かった。

「只今戻りましたよ」

座敷の真ん中に美鈴が立っていたので、何気なく声をかけながら踏み込んだ。

すると瞬時に、美鈴がクルッと振り返った。

卯之吉は思わず足を止めた。美鈴がなにやら壮絶な顔つきで睨みつけてきたからだ。

「ど、どうなさいましたえ……」

卯之吉が訊いたその瞬間、美鈴の両目からポロポロと涙がこぼれ始めた。

「……旦那様」

「は、はい？」

「美鈴は、恐ろしゅうございました」

そう言うやいなや、いきなり卯之吉の胸を目掛けて飛び込んできた。卯之吉にすがりつき、声を上げて泣きじゃくりはじめたのだ。

「ちょっと、美鈴様……？」

卯之吉はびっくりした。

卯之吉の知る美鈴は、いかなる武芸者相手にも臆することなく立ち向かい、しかも勝利する剣客だ。そのうえお化けも恐れない。怨霊《おんりょう》を見て、斬りかかっていくような偉丈夫《いじょうふ》である。

それが、たかが大雨と大水ぐらいで、これほどまでに怯《おび》えるとは。

（人が苦手とするものって、よくわからないですねぇ）

などと卯之吉は思ったのだが、増水の大川に猪牙舟で乗り出していく卯之吉の方が異常なのだ。

ともあれ、卯之吉は美鈴の肩をそっと優しく撫《な》でてあげた。こんなとき女人を邪険に扱うことのできる卯之吉ではないし、相手が男であっても、邪険には扱わない。

「怖い思いをさせてしまいましたねぇ。あたしの思慮が足りませんでしたよ。もう大丈夫。今日はどこにも行きませんからね。美鈴様を二度と一人にはしませんから」

囁《ささや》きかけると美鈴は、鼻をグズグズ言わせながら頷いた。

「旦那……あっと！」

座敷に入ろうとした三右衛門が慌てて飛び退《の》いた。続いて銀八が踏み込もうとしたのだが、その襟首を三右衛門に摑まれてグイッと引き戻された。

二人は足音を忍ばせて、座敷から離れた。

「な、なんでぇ、あれは。いつからあんな仲になっちまっていたんでぇ！」

三右衛門は衆道の気があるわけではないのだが、卯之吉に対しては男惚れをしている。女人の美鈴に対して焼き餅を焼いている——みたいな声音で吐き捨てた。

銀八は幇間らしく、下品に笑った。

「美鈴様、今度は上手くやりやしたでげすねぇ」

「なんだ？」

「ええ。まぁ、その、あれでげす。若旦那もそろそろ身を固めてもよろしいお年頃なのではないかと思うんでげすがねぇ」

三右衛門は憤然と腕組みをした。

「そりゃあ、オイラもそうは思わねぇでもねぇが……、しかし、あの女剣客だけは、しっくりと来ねぇ！」

「はぁ」

よく分からないが、やっぱり焼き餅を焼いているのに違いない、と銀八は思った。

第二章　警　動

一

　荒海ノ三右衛門は赤坂新町に店を構えていた。表向きの商いは口入れ屋で、江戸で仕事を求める田舎者たちに仕事を斡旋《あっせん》している。赤坂周辺には大名や旗本の屋敷が多いので、主な斡旋先は武家奉公の中間《ちゅうげん》や小者であった。

　中間には質《たち》の悪い破落戸《ごろつき》も多い。であるから、三右衛門のような大親分を間に挿《はさ》めば武家屋敷の側も安心ができる。中間が問題を起こした際には荒海一家が責任を持って対処してくれるからだ。

　三右衛門は他にも裏稼業として賭場を開いている。同心八巻の手下になってからは、人目につくような大きな賭場は開いていないが、しかし、賭場のひとつも開いていないと侠客としての顔が立たないので、役人の目溢《めこぼ》しが願える程度に細々と開帳していた。

その日は梅雨の中休みで、雲の間からは青空が覗いていた。この季節の陽光は夏の陽差しよりもきつい。濡れた泥道で陽光が反射して、三右衛門の店の、帳場の奥まで明るく照らしだしていた。

荒海一家で代貸を勤める寅三《とらぞう》は、帳場に座って大福帳に目を通していた。

代貸とは賭場の主である貸元（荒海一家の場合は三右衛門）の代わりに賭場を仕切る者を言う。いわば一の子分だ。寅三は賭場では代貸を務めるが、この口入れ屋では番頭のように振る舞っていた。

江戸のヤクザは腕っぷしが強いだけでは務まらない。頭も切れないといけない。読み書き算盤《そろばん》ができないようでは兄貴と呼ばれる身分にもなれなかった。

泥水の反射が寅三の目を射抜いた。入り口の暖簾《のれん》を何者かがかき上げたらしい。

顔を上げると、一人の娘が店の中を覗きこんでいるのが見えた。

「おう、仕事を探しているのかい」

寅三は娘に声をかけた。

「ウチはこれが商売だ。遠慮なく入って来ねぇ」

強面《こわもて》の寅三としては、精一杯優しく声をかけたつもりである。同時に娘に鋭い眼光を向けて、その人物を値踏みするのも忘れなかった。

歳の頃は十三、四といったところか。田舎から出てきたばかりなのであろう。垢染みた着物を着ている。顔や手足も汚れていた。梅雨時の旅は険しい。裾の辺りも泥が染みて、煮染めたような色になっている。

しかしながら、円《つぶ》らな瞳は聡明そうに輝いていた。真っ直ぐな気性の持ち主であることは、その顔つきを見ただけでわかった。

寅三は荒海一家の縄張り内で数多くの小悪党や悪女を懲《こ》らしめてきた。性格のひねくれた者は、その顔つきを見ただけでわかる。

(この小娘なら、どこへ奉公に出しても間違いを起こすことはなさそうだ)と値踏みして、(しかし、先方に連れて行く前に、小綺麗な着物を用意してやらなくちゃならねぇだろうな)などとも考えた。

娘はおずおずと入ってきて、寅三に向かってペコリと頭を下げた。その顔の頬の辺りが緊張で震えている。

「まぁ、そんなに怖がることもねぇ。取って食ったりはしねぇよ」

寅三は軽口で場を和ませたつもりだったが、どこから見てもヤクザにしか見えない男に愛想笑いなど向けられても、かえって恐ろしいだけであったろう。

寅三は訊《き》いた。

「名前はなんてぇんだい。道中手形は持っているのかい」

娘は小さなおちょぼ口を開いた。

「咲《さき》と申します」

寅三は、おや、と思った。この口の利きようは武家娘のものだ。

もっとも、武家の没落などは昨今珍しくもない。浪人として江戸に流れてきたものの、仕官の当てがまったくつかずに、中間に身を堕《お》としたり、賭場の用心棒を務めたりする者もいる。浪人の娘が仕事を探していても不思議ではなかった。

「それで、どういったところに奉公をしたいのかね」

とりあえず相手の希望をたずねてみた。

「手形があって、身元がわかるなら、良い仕事口を紹介してやれるんだがね」

大福帳に手を伸ばそうとすると、お咲が急いで首を横に振った。

「あたし、働き口を見つけてもらいに来たのではないのです」

「ほう」寅三は少しばかり訝《いぶか》しく感じて聞き返した。

「それなら、どういう用件で来たんだい」

お咲は緊張した顔つきながらも、はっきりとした声で答えた。

「父を探しているのです。もしかしたら、こちらで仕事を紹介してもらったのではないかと思って……」

「ふ〜ん」

寅三は鼻を鳴らしながら、お咲の顔を見た。儲けに繋《つな》がる話ではないようだ。

（しかしまぁ、オイラたちが口利きしたお人の娘さんだったとしたら、放っておくわけにもいかねぇな）

そう思って訊いた。

「おとっつぁんの名は？　江戸に出てきたのはいつ頃だい」

「はい。父の名は松川八郎兵衛《まつかわはちろべえ》、江戸に出てきたのは半年前です」

「半年前、松川八郎兵衛様ねぇ」

寅三はちょっと首を傾《かし》げてから、キッパリと答えた。

「うちでは仕事を世話していないね」

「本当ですか」

「嘘なんかついていねぇさ。御浪人様に仕事を世話することは滅多にねぇ。しかも半年前の話だ。そんな物々しい名乗りのお武家様なら間違いなく覚えてる」

お咲はガックリと肩を落とした。

寅三はなんだか気の毒になってきた。この娘、父を探して生国《しょうごく》から、泥まみれになって旅してきたのであろう。

荒海一家は人探しを引き受けることもある。特に迷子の相談はしばしば持ちかけられた。子分の若衆を走らせれば一斉に捜索できるし、人攫《ひとさら》いによる犯行だったとしたら、裏社会の顔役でもある三右衛門の、闇の繋がりが役に立つと見込まれているからだ。

もちろん只《ただ》では動かない。荒海一家を走らせるにはそれなりの礼金が必要だ。

(この小娘に、そんな金が用意できるはずがねぇ)

結局一人でトボトボと、広い江戸の町中を彷徨《さまよ》い歩かなければならないのだ。

お咲は「お手数をおかけしました」と一礼して、出て行こうとした。寅三は、なにゆえか咄嗟《とっさ》に呼び止めてしまった。

「お前さん、泊まる所はあるのかい」

お咲が不思議そうに振り返った。寅三は続けた。

「お江戸って所は銭がなくっちゃ埒《らち》が明かねぇ。泊まる所も銭もねぇって言うのなら、当座の働き口くれぇは、住み込みで見つけてやれるぜ」

お咲は寅三に向かって、丁寧《ていねい》にお辞儀をした。

「ご親切にありがとうございます。でも、もう、別の御方が仕事と住む家を見つけてくださいましたので」

「そうかい。それじゃあオイラの出る幕はねぇな」

お咲はもう一度頭を下げてから、暖簾をくぐって出ていった。

寅三は腕組みをした。

(仕事と住む家を見つけてもらった——ってかい)

悪党に引っかかったのでなければ良いのだが。

寅三は、煙管を出しながら苦笑いした。

「このオイラが小娘の心配をするとはなぁ。八巻様の手下《てか》になってからというもの、ずいぶんと人が丸くなっちまったようだぜ」

二

その日は夕方から雨になった。荒海ノ三右衛門が奥から出てきて帳場に顔を出し、暖簾越しに表の通りに目を向けて、舌打ちをした。

「また雨かい。まったく辛気臭くっていけねぇ。こっちの身体にまで黴《かび》が生えちまいそうだぜ」

細かな霧雨が吹き込んできて、帳場の板敷きがジットリと濡れている。三右衛門はますます不愉快そうな顔をした。

「とっとと表戸を下しちまえ。どうせもう、客は来るめぇ」

口入れ屋の番頭として算盤を弾いていた寅三も、夜の帳《とばり》の訪れとともに、博徒らしい、凄《すご》みのある顔つきに戻る。これから賭場を差配しなければならない。寅三は立ち上がると、若い衆を呼び止めて、見るからに俠客らしい、太縞《ふとじま》の着物を持ってくるように命じた。

着替えを終えた寅三が、沓《くつ》脱ぎ石に揃えられた高下駄をつっかけようとしたその時、ドンドンと、表戸が外から手荒に叩かれた。

「お頼み申します！　お頼み申します！」

助けを求める悲鳴が聞こえてくる。寅三と若い衆は顔を見合わせた。

「おいッ、開けろ」

寅三は顎でしゃくって若い衆に命じた。同時に数名の若い衆が長脇差を手にして土間に飛び下りる。もしかしたら殴り込みに来た者が、油断をさせて戸を開けさせようとしているのかも知れない。荒海一家には敵が多い。俠客として縄張り争いをしている相手はもちろんのこと、八巻の手下として捕縛してきた悪党どもの残党からも、激しく憎まれていたからだ。

若い衆が戸の猿（戸が開かないようにするための横木）に手をかけて、寅三に目を向けた。寅三は無言で頷き返した。

若い衆が猿を滑らせて戸を開ける。ザアッと横殴りの雨が吹き込んできて、同時に一人の男が転がるようにして、土間に飛び込んできた。

「ああ、お前《め》ぇは裏伝馬町《でんまちょう》の――」

赤坂裏伝馬町の盛り場を仕切る、小平次《こへいじ》という男であった。四十ばかりの小太りの男で、普段はなかなかに凄《すご》みのある顔つきをしているのだが、この時ばかりは恐怖に顔を引きつらせ、太い眉をハの字にしかめさせていた。

「寅三兄ィ、てぇへんだ！　殴り込みをかけられた！」

「なんだとッ！」

寅三はカッと激怒した。若い衆たちを怒鳴りつける。

「野郎どもをかき集めろィッ！」

へい、と答えて若い衆たちが雨の中に飛び出していく。荒海一家の子分たちは近所の長屋と賭場に住み暮らしている。とにかく人数を集めないことには殴り込みに対処できない。

騒ぎを聞きつけて奥から三右衛門もやってきた。

「やい小平次、殴り込みをかけてきやがったのは、どこの餓鬼《がき》どもだ！」

小平次は真っ青な顔を横に振った。

「それが皆目見当つかねぇんで……。見たこともねぇツラつきのヤツらで、近くの一家の身内じゃあござんせん。手にしている物も、匕首《あいくち》や長脇差なんかじゃねぇんで。白木の六尺棒を持っていやがって、しかもその格好は皆揃いで、白い菅笠に白い羽織を着けていやがったんで！」

「白い菅笠に、白い羽織だと？」

人目を憚《はばか》る博徒の出入りとも思えぬ、派手な出《い》で立ちだ。

「そんな格好で、この三右衛門のシマに殴り込みをかけてきやがったのかッ！」

三右衛門は怒気をたぎらせて土間に飛び下りた。雨戸が開けられ、次々と子分たちが駆けつけてくる。長押《なげし》にかけられていた荒海一家の提灯《ちょうちん》が下ろされ、蠟《ろう》燭《そく》の火が入れられた。

「野郎ども！　いくぜ！」

「おうっ」と答えて子分たちが、三右衛門に従って走り出す。目指すは一路、裏伝馬町の盛り場だ。

バリバリと障子戸が蹴倒される音がした。続いて女の悲鳴が聞こえてきた。

「畜生め、やりたい放題やっていやがる！」

三右衛門は歯噛みしながら走り続けた。

小平次が報告した通り、白い菅笠と羽織姿の男どもが白木の六尺棒を振り回しながら、散々な乱暴狼藉《ろうぜき》を働いていた。逃げまどう女たちの襟首を引っ摑んでは道に引きずり出し、泥水にまみれた地面に突き転がした。

「野郎ッ！　どこの餓鬼どもだ！」

駆けつけるなり三右衛門は、白い姿の曲者《くせもの》たちを怒鳴りつけた。

「荒海ノ三右衛門が来たからにゃあ、手前ぇらの勝手にはさせねぇぞ！」

腰の長脇差をぶっこ抜く。寅三を始め、子分たちも刀を抜いた。雨の降りしきる闇の中で、長脇差の刀身がギラリ、ギラリと光を放った。

白い姿の曲者どもが、一斉に提灯を突きつけてきた。

「警動《けいどう》だッ！」

その提灯には白地に黒々と、四郎兵衛《しろべえ》番所の文字が墨書されていた。

「警動だとォ！」

三右衛門は目を剝《む》いた。三右衛門と子分たちは抜き身の長脇差を手にしたま ま、その場で蹈鞴《たたら》を踏んで足を止めた。

白い菅笠に白い羽織の男たちが荒海一家の前に立ちはだかる。三右衛門はその生涯のほとんどを喧嘩と出入りで過ごしてきた。向かい合っただけでその男たちが、よく仕込まれた強者《つわもの》たちであると理解できた。

男たちの中から、一人の中年男が歩み出てくる。

「吉原の四郎兵衛か！」

三右衛門が決めつけると、四郎兵衛は険しい表情のまま、頷いた。

「お初にお目にかかるぜ、荒海の親分さん。あっしが四郎兵衛番所の四郎兵衛でござんす」

四郎兵衛番所とは、吉原の治安維持や揉《も》め事の仲裁に当たっている集団で、その親方は代々四郎兵衛を襲名している。当代の四郎兵衛は四十代後半の年格好で、長年吉原での荒事に関わってきたせいで、顔面のいたるところに古傷が残されていた。容貌魁偉《ようぼうかいい》でふてぶてしい面構えだ。

四郎兵衛が率いる男たちも、皆それぞれに癖のある顔つきだ。身構えにも油断がない。そんな男たちが揃いの格好で六尺棒を構えている。実に不気味な集団であった。

警動とは、吉原に課せられた大切な公務だ。課したのは初代将軍の徳川家康だと言われている。

吉原の初代総代は、庄司甚右衛門《しょうじじんえもん》という男で、元は北条《ほうじょう》家の武士だったともいわれる。甚右衛門は家康に願い出て、官許遊里の吉原を作った。江戸には大勢の武士たちが参勤のためにやってくる。これらの武士たちは単身赴任で、性欲を持て余している。江戸で暮らす女たちは常に、身の危険にさらされながら生きていかねばならなかったのだ。

これに憂慮《ゆうりょ》した家康と甚右衛門は、遊里を作ることで、江戸の治安を守ろうと図ったのだ。

そのうえで家康は甚右衛門に、無許可の遊女を取り締まるという権限も与えた。許可なく遊女が売春行為を働くことは、江戸の風紀上好ましくないし、吉原にとっては経済的な打撃となる。

吉原は江戸の治安と自らの権益を守るために、無許可の遊女たちを狩り続けた。この遊女狩りを称して、警動と呼んでいた。

四郎兵衛は、勝ち誇っているような、申し訳なく思っているような、その半々の微妙な顔つきで、三右衛門に言った。

「お前さんが八巻の旦那の手下だってことは知ってる。この四郎兵衛も八巻の旦那にゃあ、手下も同然に追い使われていたんだ。言ってみりゃあ俺とあんたは八巻の旦那の、子分同士みてぇなもんだな」

三右衛門は苦々しげな顔をした。だが、ここで喧嘩をすることは、八巻の旦那の御為にはならない、ということは理解できた。

（旦那はまた、吉原同心を仰せつかるかもわからねぇ。四郎兵衛番所と仲違《なかたが》いするわけにはいかねぇ）

無言で歯嚙みする三右衛門に、四郎兵衛が続ける。

「八巻の旦那が面番所のお役に就いていなさった時には、荒海一家は四郎兵衛番所に仁義を通して、吉原にゃあ足を踏み入れてこなかった。だからこっちも荒海一家の縄張りにだけは手を出したくなかったんだが、こればっかりは、どうにもならねぇ」

四郎兵衛はチラリと横目で裏伝馬町の通りを見た。泣き叫ぶ遊女たちが引っ張りだされて、手荒に縄を打たれている。

「済まなかったな、荒海の親分さん。親分さんの縄張り内で騒動を起こすのは気が引けたんだが、警動はあっしらの大事《でえじ》な役目だ。悪く思わねぇでくれ」

この二人、双方ともに卯之吉に心酔しているものだから、なんとも歯切れの悪い、腰の据わらぬ物言いになった。

三右衛門は内心、クソッと悪態をついた。しかし、話の筋は向こうのほうが通っている。

（警動ってことなら、手出しはできねぇ）

そうこうする間にも、三右衛門と一家が護ってきた裏伝馬町は四郎兵衛番所の男たちの手で好き勝手に荒らされていく。また一人、年端《としは》もいかぬ娘が路上に引っ張りだされた。グッタリとうなだれた娘の髷《まげ》を、雨が容赦《ようしゃ》なく打っていた。

「あっ」

その娘を見るなり、寅三が叫び声をあげた。

「お前ぇはお咲！」

昼間、三右衛門の店にやってきた田舎娘だ。

「お前ぇ、岡場所なんぞに身を堕としていやがったのか……！」

住み込みの仕事を紹介してもらった、などと言っていたが、その仕事がまさか岡場所の遊女だったとは。寅三は自分の迂闊《うかつ》さに腹を立てた。

お咲は寅三を見て何か言いかけたのだが、すぐに恥じ入って顔を背けた。

三右衛門も四郎兵衛も、寅三の顔を見たのだが、しかし、岡場所に身を堕としてしまった娘について問い質《ただ》しても、どうにもならないことはわかっていた。まして、警動に引っかかって縄までかけられてしまった身だ。

雨は降り続いている。四郎兵衛の被った笠の上で雨粒が音を立てて弾けている。

四郎兵衛は背後の男たちに声を放った。

「一人残らず、引っくくったか」

四郎兵衛番所の男衆が「へいっ」と唱和する。四郎兵衛は三右衛門に向き直って、笠を脱いだ。

「あっしらは用が済んだから失敬するぜ。八巻の旦那に四郎兵衛が宜しく申し上げていたと、伝えておくんなさい」

四郎兵衛は踵《きびす》を返すと「引っ立てろ」と命じた。男衆に縄尻を握られた遊女たちが引かれていく。三右衛門も寅三も、黙って見送るより他に術がなかった。

三

「それにしても、毎日よく降るねぇ」

明くる日の朝。卯之吉は吉原の大見世、大黒屋の二階座敷にいた。沢田彦太郎から「吉原の様子を見てこい」と命じられたから、やってきたのだ。

吉原は日に千両が動くと言われる遊里である。その金の何割かが、町奉行所に上納されていたようなのだ。一説によると、岡っ引きや下っ引きを雇って探索にあたらせる金は吉原から出ていたのではないか、などとも言われている。

沢田彦太郎としても、吉原の繁栄はないがしろにできない。そこで、南北奉行所の同心の中でも別格に、吉原に通じた卯之吉が吉原の様子を探るために派遣されたのだ。

「昨日よりは、水が引いたようにございますよ」

相席している大黒屋の主が畏《おそ》れ入った口調で答えた。もちろんこの男は、卯之吉が同心の八巻であることを知らない。畏れ入っているのは卯之吉が三国屋の若旦那であるからだ。

　卯之吉は美酒で唇を湿らせた。公務で来たはずなのに、すっかり酒に酔っている。

「そろそろ梅雨も終りかねぇ」

「雷様がビシャッと来て梅雨が明け、その後は夏の本番でございましょう」

　夏になれば水も引く。そうすれば吉原は、元の活気を取り戻すはずだ。

　その時、閉められた窓障子の向こうから、なにやら騒々しい気配が伝わってきた。

「なんだえ、あの騒ぎは」

　大黒屋の主は、言い辛そうにしながら、顔つきも険しげに答えた。

「警動で引っくくった岡場所の女たちにございますよ」

「へぇ？」

「捕まえた女たちは、この吉原で働かせることになっておるのですが……」

　岡場所から連れてこられた遊女は罪人として扱われる。吉原で無給で働かされるのだ。奴隷同然に売春をさせられるのだが、

「いい迷惑でございますよ」と、大黒屋の主は吐き捨てた。

「文字も読めない、芸事も身についていない田舎娘など、誰が喜んで世話するものですか」

吉原は売春窟などではけっしてない。江戸の人士の社交場である。当然、遊女たちは深い教養と巧みな芸事を身につけている。客たちのどんな趣向にも応えられなければ勤まらない。岡場所で、ただ身体を売っていただけの売春婦などが入り込む余地はないのだ。

「吉原にも浄念《じょうねん》河岸や羅生門《らしょうもん》河岸などはございますよ」

安い値段で身体だけを売る女たちのいる場所だ。

「しかしですね。岡場所の女たちを引き受けたら、浄念河岸や羅生門河岸で商売している女たちを追いだすことになってしまいます。あの女たちに、遊女以外のどんな仕事ができますでしょうか」

年季が明けて吉原から解放されても、遊女上がりの女たちにできる仕事など何もない。結局、自分から吉原に戻ってきて、細々と遊女稼業を続けることになってしまう。浄念河岸と羅生門河岸は遊女たちのセーフティ・ネットでもあったのだ。

岡場所の女たちを優先して、吉原に長く勤めた遊女を追い出すことは、心情として難しかったのである。

「困ったねぇ。あたしに何かしてやれることがあるといいのだけれど」

卯之吉がそう言うと、大黒屋は我に返って赤面した。

「これは、こともあろうに若旦那様に愚痴などをお聞かせしてしまい……恥じ入る次第にございまする。いやぁ、面目次第もございません」

「いや、それだけご主人が、吉原と遊女さんたちの身を案じていなさるということだろう。あたしは感服しましたよ」

「そう言っていただけると……」

主は顔を懐紙で拭いながら、ほうほうの体《てい》で座敷から出ていった。

「それにしても、大変なことになっちまってるねぇ」

卯之吉といえども楽しく酒が飲める気分ではない。そこそこに盃を伏せると、南町奉行所に戻ることにした。

卯之吉は、わざわざ着替えのためだけに仕舞屋《しもたや》を一軒借りている。黒巻羽織姿に着替えると、銀八を引き連れて南町奉行所へ向かった。

町奉行所の門前まで来た時、よく見知った男の顔を見つけて「おや」と呟《つぶや》いた。

「寅三さんじゃないかえ」

寅三は卯之吉の姿を認めて低頭し、小走りに近づいてきた。

「旦那、じつは折入って聞いてもらいてぇ話があるんですが……」

強面の寅三らしからぬ、煮え切らない、か細い声でそう言った。

寅三は地回り三下どもから恐れられている大兄ィだ。今でこそ年相応に落ち着いてはいるが、若い時分は〝荒海一家の狂犬〟などとも呼ばれた男だった。

それなのになにやら、捨てられた小犬のように悄然《しょうぜん》としている。

「なんだえ、そんなお顔をなさって。心配事かえ」

「さすがは旦那だ。何もかもお見通しでござんすね。へい。心配でたまらねぇことがあるんでございまさぁ」

「ほう。それはお困りだねぇ。あたしでよければなんなりと、相談に乗るけどねぇ。ただし、あたしなんかを頼りにしても、お役に立てるかどうかはわからないよ」

「とんでもねぇご謙遜《けんそん》だ」

「まぁ、話してごらんよ」

「へい。こいつぁあっしの手抜かりだ。後悔してもしきれねぇ」

寅三は、表看板の口入れ屋に、お咲と名乗る田舎娘が訪ねてきたという話を告げた。

「はぁ、浪人様のお父上を探すために、江戸に出てきたってわけだね」

寅三は大福帳を取り出して、指に唾をつけながらめくった。

「父親の名は、松川八郎兵衛様っていいなさるんだそうで」

「お江戸は広いからねぇ。ま、番所の者には伝えておくよ。その松川様を見つけ出せばいいわけだね」

「いや、そうじゃねぇんで」

「まだあるのかい」

「へい旦那。面目ねぇ次第でござんすが、一家の縄張り内に、警動が入ったんでございまさぁ」

「ああ、その話なら知ってるよ。岡場所のお女郎が吉原に引っ立てられてきた」

「さすが旦那だ。なんでも良く諳《そら》んじておられやす」

「それがどうかしたかえ」

「へぇ。これがあっしの手抜かりの第一だ。お咲の口から『住み込みの仕事を紹介してもらった』と聞いたときに、口利きしたのは誰なのか、それを確かめておくべきだったんで」

卯之吉はあんぐりと口を開けた。

「まさか、その田舎娘のお咲ちゃんは、岡場所で働かされてた、なんて言うんじゃないだろうね」

「働かされてたって言ったって、江戸に出てきて間もねぇですから、客を取ったかどうかはわからねぇ。だけど四郎兵衛番所にゃあ通じねぇ。容赦なく縄を掛けられちまったんで」

「ははぁ……、それは可哀相だねぇ。江戸に出てきて右も左もわからなかったんだろう。悪い人買いに騙《だま》されたね」

「あっしらの縄張り内のことでござんすから、お咲を見殺しにはできやせん！どうかお力をお貸しくだせぇ！」

卯之吉は「ふぅん」と言った。

これが普通の同心であれば、警動で江戸市中の風紀を正すように命じたのは徳川家康公であるから、「町奉行所の同心といえども口出しはできぬ、諦めろ」と突っぱねるところなのだが、なにしろ卯之吉は超絶的な世間知らずだ。

「うん、わかった。吉原に掛け合ってみようじゃないか」

などと、軽い口調で請け合った。

同心の八巻卯之吉に家康の法は破れないが、三国屋の若旦那である卯之吉ならば、吉原においてできないことは何もない。

そうとは知らない寅三は、（さすがは八巻の旦那だ。吉原の総代も、四郎兵衛も、旦那の言いつけには逆らえねぇんだな）などと感心し、ますます心服してしまった。

「お咲を見殺しにしたとあっては、一生後悔し続けることになりやす！　なにとぞ、お咲をお救い下せぇ」

「ああ、わかったよ。日頃世話になってる荒海一家の寅三さんだ。こんな時ぐらい、恩返しをしなくちゃいけないからね」

「滅相もねぇ。旦那の世話になっているのはオイラたち一家の方だ」

卯之吉には、一方的に迷惑をかけているという意識しかないから、こんなことを言われて首を傾げてしまった。

寅三は何度も頭を下げながら帰っていった。

「寅三さん、ずいぶんと気に病んでいる様子だねぇ」

銀八が例によって無神経に受けた。

「その田舎娘に惚れちまったんじゃねぇでげすか」

「まさか。寅三さんはもういい歳じゃないか」

卯之吉は軽い調子で奉行所の耳門をくぐった。もうその瞬間にはなにもかも忘れた、みたいな顔をしている。

（これはあっしがしっかりと立ち回って、吉原と掛け合いをしなければならないでげすな）

などと銀八は、一人前の幇間《ほうかん》みたいな心構えで考えた。

四

閉め切られた蔵の中で女たちがすすり泣いている。

天井の窓から細い光が射しているが、蔵の中はきわめて暗かった。しかも風通しが悪い。梅雨の湿気と、そろそろ夏になろうかという熱気がこもって、息をするのさえ辛く苦しいほどだ。

女たちは絶望感に打ちのめされていた。運悪く警動などに引っかかり、吉原の遊廓の蔵に閉じ込められてしまった。警動で捕まった遊女は、もはや一人前の人間としては扱われない。身分を剝奪《はくだつ》され奴隷の身分に落とされてしまう。

そんな女たちの中にお咲がいる。蔵の壁の隅にうずくまっていた。

お咲も不安と恐怖に苛《さいな》まれていたが、（わたしは武士の子なのだ）と自分に言い聞かせて堪《こら》えた。

思えば、自分の人生は不幸の連続だったと思う。どうして自分たち一家だけが、こんな辛い目に遭わねばならないのか、と神仏を呪いたくなることすらあった。そんなふうにくじけそうになった時、励ましてくれたのが父の八郎兵衛だ。

「お前は武士の子なのだぞ」

励ます言葉はこれ一つきりだったが、この言葉と、毅然《きぜん》とした父のお陰でどれほど救われてきたことか。

（わたしは武士の子だから負けない）

こみあげてくる涙をこらえて、きっと父上が助けに来てくださる、と自分に言い聞かせた。

それからお咲は、自分と同様に捕まって、蔵に閉じ込められて泣いている女たちに目を向けた。

お咲ももう子供ではない。岡場所がどんな所なのかぐらいは知っている。知っていてまんまと人買いの口車に乗ってしまったわけだ。

遊女たちを見れば、そのほとんどは田舎から買われてきた貧しい百姓の娘たちだとわかった。だが、中にはそれなりに堅気の女たちも混じっているように見える。武士の妻らしい物腰の女人まで、毅然と腰を下ろしていたのだ。

(江戸という所は、良くわからない)

どうして、身形《みなり》のよい人達まで身体を売らなければならないのか。

お咲にはわからないことだが、当時の江戸は貨幣経済が不均衡に発達し、金の力で勃興《ぼっこう》する勢力と、金に窮して没落する人々とに二分されてしまっていたのである。

武士も町人もちょっとの油断で借金まみれになってしまう。となれば、一家総出で金を稼がなければならない。さもなくば一家心中だ。

岡場所でなら、吉原のように丸ごと身売りをしなくても金を稼ぐことができる。だから町人の女人や、時には武士の妻や娘たちも、人目を忍んで働いていたのだ。

吉原に身売りをしたくないから岡場所で働いていたのに、警動に引っかかって、あろうことか、吉原の奴隷にされてしまった。

これからどのような扱いを受けるのかまったくわからない。下手をすると街道筋の宿場に売られることもある。江戸から何十里も離れた宿場町で女郎をさせられるのだ。

警動で捕まった遊女に年季はなかった。死ぬまで無償で遊女勤めをしなければならない。

表の扉の鍵が開けられる音がした。ギイッと蝶番《ちょうつがい》が軋《きし》んで、重い扉が開かれる。外光と新鮮な空気が吹き込んできたが、女たちは眩《まぶ》しげに目を細めただけだった。

扉が開いても、それが希望に繋《つな》がるとは思っていない。あらたな恐怖の始まりだと理解していた。

扉は二重になっていて、もう一枚、鉄の扉が嵌《は》められていた。この蔵は遊女を折檻《せっかん》する時にも使われているらしく、鉄格子の扉は牢獄の扉のように頑丈であった。

「みんな、大丈夫かい。水を持ってきてやったよ」

扉の外から声をかけてきたのが女人であったので、遊女たちはわずかに安堵《あんど》した様子を見せた。

扉の外の女は、杓《ひしゃく》の突っ込まれた小桶と、湯呑茶碗を扉の下の口から中に差し入れてきた。

「あたしはお峰っていうんだ。この店の使用人さ。同じ女同士、悪いことなんか考えちゃいないよ」

蒸し暑い中に閉じ込められて泣き続け、汗と涙で水分を流していた女たちは、恐々と茶碗を見つめていたが、一人が手に取ると、後は争うようにして水をむさぼり飲んだ。

お峰はわざわざ水売りから買った水を持ってきた。江戸は水が悪い。この長雨で泥も混じっている。だから有料の清水を買い求めて、女たちに飲ませてやったのだ。

「ああ、美味しい！」

女たちは生気を取り戻した顔つきになった。

「それはよかったね。水はたっぷりあるよ。十分に呑んで、気力をつけないといけない」

お峰がそう言うと、女たちの顔つきがまた、曇った。体力を取り戻したところで、運命が開けるわけではない。

美味い水を飲んで、一瞬、心が弾んだ直後だけに、悲しみがよけいに身に染みる。女たちは顔をしかめさせて、大粒の涙を流し始めた。

お峰は、絶望が女たちの身に染み渡るのを、冷徹な眼差しで見守った。頃合いは良しと見て取って、扉の前に屈み込んだ。

声をひそめて囁《ささや》きかける。

「泣くんじゃないよ。あんたたちをここから救い出す手があるのさ」

低い声だったが、蔵の中の女たちの全員に響きわたったようだ。

女たちは「えっ」という顔つきで一斉に、お峰を見た。

お峰は得たりと頷いた。口元には微笑まで含ませている。

「あんたたちをこの吉原から逃がしてやる。だから諦めるんじゃないよ」

女の一人が「いったい、どうやって」と問い質しかけた時、

「おい、お峰」

外から荒々しい声が聞こえてきた。お峰は「はい、只今」と答えた。

「茶碗をお寄越し。とにかく、あんたらのことは助けてやる。だけどこのことは誰にも言っちゃならないよ」

女たちはガクガクと首を上下させて頷いた。誰かに漏らすはずもない。漏らす

相手がいるとしたら吉原の男どもだ。

お峰は念を押した。

「抜け駆けをして、告げ口の褒美に自分だけ助けてもらおうなんて思うんじゃないよ。吉原の男どもは約束なんか守らないからね。告げ口したヤツも、約束を反《ほ》故《ご》にされて売り飛ばされるんだ。わかったね」

女たちはまたも無言で頷いた。お峰は茶碗を回収し、蔵の扉を閉ざして鍵をかけた。

蔵の中に闇が戻る。女たちのため息が聞こえた。

「だけど……、助けてくれるって言ったって……」

誰かが呟き、すぐに別の誰かが、「しっ」と叱責《しっせき》した。

「外の男に聞かれたらどうする気だい！　迂闊に口に出すんじゃないよ！」

まったく正しい言い分である。女たちは口を閉ざした。

お咲は必死に思案を巡らせている。助かるかもしれない、という希望が大きく膨らんできたが、しかし、その手に乗って良いものなのか、という気もした。なにかもっと大きな陥穽《かんせい》が待ち構えているような気もしたが、しかし、今は確かに、ここから逃げ出すことが先決だろう。

（ここから逃げて、父上を探さないと……！）

父親との再会さえ叶えば、あとはどうにでもなるだろう、という根拠のない楽観が、勃然《ぼつぜん》と胸に湧いてきた。

五

その月の米問屋の月行事《がちぎようじ》は浅草に店を構える遠州屋《えんしゆうや》であった。

浅草はかつて、江戸の唯一の湊《みなと》であったという。浅草で海苔《のり》を採取していたぐらいであるから、干潟が広がっていたのだと思われる。そこへ今回の水害が襲いかかってきた。ようやく雨も上がって水も引きはじめたが、それでも辺り一面の泥濘《ぬかるみ》。日和《ひより》下駄の歯が泥に刺さって歩行もしがたいほどだった。

いかなる悪条件でも月行事であるから、寄合となれば皆でそこに集まらなければならない。

「これは、とんでもないことになった」

浅草界隈《かいわい》の有り様を自分の目で確かめて、三国屋徳右衛門は愕然《がくぜん》とした。

徳右衛門を乗せた町駕籠《かご》が遠州屋へ向かって進んでいくのだが、駕籠かきの足は踝《くるぶし》まで泥に沈んでいる。

（これではとてものこと、車を通すことはできませんな）

米は荷車で運ぶのだが、車輪が泥に埋まってしまっては、にっちもさっちもいかない。梶棒を握る車引きも、後ろから押す人足の車力《しゃりき》も必死に踏ん張るだろうが、その足は泥の中に埋まってズルズルと滑るだけだ。車はまったく動かないに違いない。

（道が乾くまで待つしかない）

だがそれはいつのことか。車が通れるようになるまで、江戸の流通は麻痺したままだ。

徳右衛門は道の脇の建物にも目を向けた。壁の、地面から一尺五寸（約四十五センチ）ほどの高さの所に水平に汚れがついている。つまりはそこまで水が上がったということだ。

（これは駄目だ。蔵の中にまで水が入っている）

一階の米蔵の俵は、残らず水に浸かったであろう。

江戸の便所は汲み置き式だ。水位が地面よりも高くなれば、当然に汚物が溢れだす。糞尿の混じった泥水に浸かった米などを流通させたら、江戸中に伝染病が広がってしまう。

（米蔵の米は、すべて駄目だと考えなければならないね）

徳右衛門の表情がますます曇った。そうこうするうちに遠州屋に着いた。徳右衛門ほどの豪商になると、出迎えは丁稚《でっち》では済まない。遠州屋の番頭たちが何人も暖簾をかき分けて飛び出してきて、外で一列になって出迎えた。

徳右衛門はいつも、外面だけは笑顔を絶やさぬ男だが、しかしさすがに微笑む気にもなれず、険しい顔つきのまま、遠州屋に上がった。


遠州屋の座敷は障子と襖が取り外されていた。畳はさすがに綺麗な物に代えられていたが、柱には汚れた染みが残っていた。

遠州屋の者に案内されて、床ノ間近くの席を示された。

「それとも、お庭に面した席がよろしゅうございますか」

縁側の近くは下座だが、風通しが良いので夏の間だけ貴賓席となる。徳右衛門は、早くに着いた自分が出入り口近くに座っていたら迷惑だろうと考えて、奥の席に腰を下ろした。

三々五々、江戸の米問屋と札差たちが集まってくる。江戸の商人は時間に厳守の者が多いのだが、さすがにこの悪路。想定外に時間がかかってしまい、遅刻をする者が多かった。

ようやく、全員が揃って、行事役の遠州屋が挨拶した。

「今日お集まりいただいたのは他でもない。皆さんご存じの通り、江戸は水害でこの有り様。今後の手当てについて、お話し合いをしたいと思いましてね。お勘定奉行様からも矢の催促でございまして」

遠州屋は懐紙を取り出して顔の汗を拭った。蒸し暑さもさることながら、米対策の難しさに冷や汗を流しているのであろう。

山ノ手に店を構える米問屋の、近江屋《おうみや》という男が口を開いた。

「浅草のお蔵と深川の御籾《おもみ》蔵は、どうなっておるのですかな」

山ノ手のほうまでは情報が伝わっていないようだ。それほどまでに江戸中が混乱している、ということである。

遠州屋は答えた。

「二階の米は助かりましたが、一階の米は、積まれた俵の下から三番目まで駄目になりました」

脇から、上方出身の堺屋《さかいや》という米問屋が口をはさんだ。

「しかしでんな、無事だった米も急いで運び出さへんと、蔵の中で蒸れてしまってオシャカでんがな。この季節、黴も仰山生えまっせ」

「堺屋さんの仰《おつしや》る通りですが」と遠州屋。「浅草の道という道は、今、荷車を通せる状態ではございません」

「船はどないや？　お蔵は大川に面しておりまっしゃろ」

「この水量と急流でございます。大川に船を出すことはできません。船を河岸に繋ぐことすら難しいかと」

堺屋は険しい顔つきで煙管を咥《くわ》えた。

「八方塞がりやないか」

「人足が蟻のように群がって運び出すことは、やっております。ですが、浅草御蔵に収蔵された米俵をすべて運び出すことは、とうてい無理というもの」

浅草御蔵を初めて目にした人間は、皆、その壮大さに圧倒される。白壁の蔵が遥か彼方まで延々と連なっているのだ。霧の出た日などは端の蔵まで見通せないほどであった。

それらの蔵に納められた米のすべてを人力で運び出すのは不可能だし、仮に運び出せたとしても、今度は保管場所がない。

「別の蔵の手当てがつかなければ、結局、湿気や鼠、穀象虫《こくぞうむし》などの被害に遭うだけでございますよ」

遠州屋に言われるまでもなく、米を扱う商人であれば、皆、その現実は理解していた。

巽屋《たつみや》という、年嵩《としかさ》の札差が険しい目つきを光らせながら口を開いた。

「浅草御蔵の米が残らず駄目になったとして、あんたさんたち米問屋のお蔵には、あとどれだけの米が残っておるのかね」

米問屋たちは鳩首《きゆうしゆ》会議を始めた。「うちはこれだけ」「手前の所は」などと囁きあうのを遠州屋が聞き取って、即座に暗算で答えを出した。

「まずは、江戸の町人が食する米の、五日分ほどしか残っておりませぬ」

巽屋は顔をしかめた。

「五日以内に手立てを講じなければ、江戸中の者が皆飢《う》える。ということではないか」

それから巽屋は顔を朱色に染めて吐き出した。

「そうなったら、打ち壊しだぞ」

打ち壊し、と聞いて、その場の全員が顔つきを変えた。

「えらいこっちゃがな」

堺屋などは早くも上方に逃げ出しそうな顔をしている。

打ち壊しとは、市中で発生する一揆《いっき》のことである。町人たちが群れを成してねり歩き、標的と定めた商家を襲い始める。目標とされた商家は、店も奥屋敷も徹底的に破壊される。

標的となるのはたいてい、米屋か米問屋なのである。米屋と米問屋が売り惜しみをしたり、米価を吊り上げているから自分たちが飢えているのだ、と町人たちに思い込まれているからだ。

集まった商人たちの顔色が悪くなったのは、そういう理由である。

「しかし」と、巽屋が一同を睨みつけながら続けた。

「江戸には米がないとしても、関八州の公領の米蔵には、米がふんだんにあるはずだ。五日もあれば、なんとか江戸に回送できようはずだが」

「いえ、それが……」

と、三十ばかりの若い商人が肩を竦《すく》めながら答えた。境屋《さかいや》という男で、こちらの境は上方ではなく利根川の中流の地名に由来する。代々、関東郡代役所と親しい関係を結んでいて、当代の境屋もまだ若いが、関八州の事情に通じていた。

「利根川、江戸川ともに各所で堤防が決壊し、水が低地に流れ出てしまい……」

川の水が低地に流れるとはおかしな物言いだが、実は大河の両岸の堤防は、洪水を防ぐ目的の他に、川の水位を保つ役割も果たしていたのだ。

堤防が決壊したために川の水位が下がった。すると、米俵を大量に運ぶことのできる大きな川船は、川底に船底を擦ってしまうので、運行できなくなってしまうのだ。

境屋はさらに続けた。

「川だけでなく、陸路も水をかぶっております。米を一時に輸送するのは無理かと」

「八方塞がりやないか！」

またしても、上方の堺屋が叫んだ。

遠州屋が堺屋に目を向けた。

「大坂の米を回送することはできませんか」

「五日では到底無理や。急の飛脚《ひきゃく》かて届きまへんで」

米を送れと指示する手紙を運ばせたとして、東海道は大井川で川止めをくらうであろうし、水害で街道が破壊されている可能性も高い。

一同の者は堺屋でなくとも皆、八方塞がりやないか、と言いたくなった。

ここで初めて、三国屋徳右衛門がカッと目を開いた。

「どうやら、手前が溜め込んだ十万両を吐き出す時が来たようですな」

一同の者は徳右衛門に目を向けた。その両目が炯々《けいけい》と光っているのを見て、粛然と息を飲んだ。

徳右衛門は続ける。

「今、いの一番に成すべきことは、堤防の修築のようでございます。手前が金をお勘定奉行様に上納します。この金で人足を雇って、早急に、舟運を回復せねばなりますまい」

遠州屋がゴクリと咽《のど》を鳴らした。乾いた唇を震わせながら、訊ねた。

「そ、それは良いお考え——とは思いますが、しかし、それだけの金を吐き出してしまったら、三国屋さんは今後、立ち行かなくなってしまうのでは……」

すると徳右衛門は、いつもの恵比須《えびす》顔に戻って、カラカラと笑った。

「なぁに、十万両ぐらい、また稼ぎ直せば良いことにございますよ！」

この放言には一同、啞然《あぜん》として声もだせない。

徳右衛門は商人たち一人一人に、目を据えながら言った。

「よろしいですかな。今、金を出しても、その金は、巡り巡ってまた我々、江戸の商人の金蔵に戻って参りましょう。しかし今、ここで江戸の街が死んでしまったら、我らがいかに金を蓄えていたとしても、まったく益がないのでございますよ」

うむ、と巽屋が頷いた。

「我らが金を稼ぐことができるのも、江戸の街が豊かに繁栄しておればこその話だ」

「左様にございますとも」

この時期、江戸の経済はようやく上方の経済圏から脱して、自力での繁栄を築き上げようとしていた。しかしここで、この水害によって江戸の経済力が傾くようなことになれば、またもや、上方の豪商たちの膝下《しっか》に入らねばならないことになってしまう。

「それはあきまへんで」と、上方商人の堺屋が一番泡を食っている。

「せっかく江戸で一人前の商人になったっちゅうのに、大坂の伯父貴の指図を受ける身に戻るなんて真っ平や」

徳右衛門は腹に力を込めて言い放った。

「ここが正念場ですよ。お侍様ふうに物申せば、天下分け目の戦いです。江戸が繁栄を続けるか、それとも上方に取って代わられるか、我々の働き次第にかかっている、と申しても過言ではございますまい」

一同は「うむ」と頷きあった。

遠州屋が話を纏《まと》めにかかる。

「まずは当面の米の手配ですな。浅草御蔵からできる限りの米を運び出す。この米を細々とでも市中に流して、町人の皆さんを宥《なだ》めるより他ございますまい」

続いて巽屋が発言する。

「山ノ手のお大名屋敷にお願いして、御蔵の備蓄米を分けてもらうというのはどうか。勤番のお侍様方の食い扶持《ぶち》ではあろうが、後で礼金を添えて返すと申せば、否とは言うまい、と思うが」

「その手当ては手前に任せてもらいまひょか」

堺屋が張り切って答えた。

「諸大名様方の大坂蔵屋敷にも顔が通じているこの堺屋や。堺屋が責任を持って金を手配し、かつ、近日中に大坂の米会所から米を運んでお返しすると請け合えば、お大名様方も納得なされるはずでっせ」

遠州屋が頷いた。

「それでは、それぞれに果たすべき役割を果たすということで……」

皆で誠心誠意、働くことを誓い合って、散会となった。

六

それから五日が過ぎた。江戸の札差と米問屋の奮闘も虚しく、市中の米は流通量を減らし続けた。人は飢えると途端に忍耐力をなくしてしまう。江戸市中の全体が、不穏な空気に包まれ始めた。

足元の泥水を跳ねながら、村田鋏三郎が走ってくる。

「どけっ、どけっ！」

長屋の路地から飛び出してきた子供を突き転がして走る。子供は水たまりの中に転がって、座り込んだまま大声で泣き始めた。村田に従う岡っ引きたちも子供に気づいていたが、抱き起こしてやる者は一人もいない。皆、血相を変えて走っていった。

尾上伸平《おがみしんぺい》が横道から姿を現わした。村田に気づいて蹈鞴を踏んで止まった。

「いたか！」

村田が怒鳴る。尾上は面目なさそうな顔つきで首を横に振った。

「こっちには来ませんでした」

「すると、本石町《ほんごくちょう》の方へ向かったか。追うぞ！」

南町奉行所の筆頭同心、村田鉄三郎は、悪党どもから〝南町の猟犬〟と渾名《あだな》を奉られている男だ。実に執念深い。尾上と岡っ引きどもを従えながら走り出した。

竜閑橋《りゅうかんばし》を渡ったところで、偶然、銀八を引き連れた卯之吉と出くわした。

「これは村田様。お役目ご苦労様に存じます」

卯之吉は髱《たぼ》を大きく取った小銀杏髷《こいちょう》に、縞の着流し、涼しげな夏羽織まで着けたという、非の打ち所のない町人姿だ。おまけに幇間にしか見えない小者まで引き連れている。切れ者の村田の目で見ても、遊び人の若旦那にしか見えなかった。

「やい、そこで何をしていやがる」

いつものように怒鳴りつけた村田であったのだが、卯之吉が町人に変装して市中を見回っているらしいことは知っていたし、悔しいけれども（どうして悔しく感じるのか村田自身にも理解できないのだが）手柄をいくつか上げているのも事実だ。

卯之吉が何かを言い返す前に重ねて問い質した。

「こっちに、浪人者が逃げてこなかったかッ」

「浪人者？」

卯之吉はいつものように気の抜けた顔つきで首を傾げた。すぐに返事をすれば良いのに、おもむろに思案している様子だ。

「見なかったのならいい！　おいッ、行くぞ！」

尾上たちを引き連れて走り去った。

「御免なすって」

尾上の手下の岡っ引きが、一礼して通りすぎようとしたところを、卯之吉がその袖を摑んだ。

「えーと、下駄貫《げたかん》の親分だったね」

卯之吉に袖を摑まれて、クイッと引っ張られた岡っ引きは、困り顔で頭を掻《か》いた。

「へい、下駄屋の貫次《かんじ》にごぜぇやす。オイラ、旦那のお供で捕り物をしていやすんで、これで」

「ちょっと待って。村田さんは、いったい誰を追っていなさるんだぇ」

「堪忍しておくんなさい。村田の旦那は、あっしら手下がついてこないと、竈《かまど》にかかったお釜みてぇに頭から湯気を立ててお怒りなさるんで」

卯之吉は咄嗟に、下駄貫の手に一分ばかりを握らせた。

「あっ、こんなに」

「まぁ、取っておきなよ」

「へぇ、こいつぁありがてぇ。うちの旦那と来たら、こき使うばっかりで小遣いなんかくれたためしが――あっと、こいつぁ口が滑りやした。うちの旦那にゃあ内緒にお願いしやす」

「口が滑《なめ》らかになったところで教えておくれじゃないか。いったいどなたを追っていたんだぇ」

「へい。こいつを撒《ま》いていやがった不逞《ふてい》浪人を追ってたんで」

下駄貫は、懐から一枚の紙を取り出した。卯之吉は受け取って、繁々と眺めた。

「落書だね」

「へい。こともあろうにお上を愚弄《ぐろう》する文言なんかを書き並べていやがりましてね。しかもそいつが、打ち壊しを煽《あお》っていやがったらしいんで」

「打ち壊しだって」

呑気者《のんき》の卯之吉も、さすがに驚いた顔をした。

「そいつはいけないね」

「へい。ですからこうして旦那方と一緒に、その浪人野郎を追っているってぇ次第で」

卯之吉は手を放した。

「呼び止めて悪かったね。早くお行き」

「へい。旦那もお気をつけなすって」

下駄貫は村田を追って、走り去った。

「打ち壊しだってさ、銀八。どうしようね」

「へい、おっかねぇでげす」

銀八はいつものように調子を合わせたが、常になく、卯之吉が深刻な顔つきをしているのに気づいて、少しばかり驚いた。

「どうしたんでげす、若旦那。そんな、案じ顔をなすって」

卯之吉は細い顎に指をやって、少し考える素振りをしてから、答えた。

「そりゃあ案じ顔にもなるよ。お前が案じ顔をしていないことが不思議でならないくらいだ」

「どうしてでげすか」

「お前ね、このお江戸で打ち壊しが起こったら、真っ先に狙われるのは米屋と米問屋、それに札差だよ」

「へぇ、そいつぁおっかねぇ」

「お前ね、本当にわかっているのかい。三国屋が襲われて、身代丸ごと持って行かれたらどうなるね。あたしはその日から一文無しだよ」

否、同心としての身分と俸禄があるのだから、一文無しではないのだが、夜毎吉原で大金を撒く卯之吉にとって、同心の俸禄など無いにも等しい金額であった。それは銀八も同感である。

「ええっ……！　するってぇと、打ち壊しが起こっちまったら、若旦那はもう二度と、お大尽遊びができなくなる……ってことなんで？」

「そうだよ。そうしたらお前をこうして、連れて歩くこともできなくなるねぇ」

「げえっ！」

銀八は絶句した。

銀八はまったく売れない幇間だ。卯之吉のような変わり者の旦那は、このお江戸にも二人とはいない。卯之吉が破産したら、銀八も幇間を廃業しなければならないことになる。

「そいつぁいけねぇ」

銀八はブルブルと身震いし始めた。

空はどんよりと曇っている。またしても雨の粒がパラパラと降り注いできた。

第三章　世直しの男

一

雨が貧乏長屋の屋根を叩いている。天井から滴り落ちる雨漏りを受けるために並べられた茶碗を、痩せた浪人が鷲摑《わしづか》みにして、溜まった水を土間に流した。

浪人は名を近藤《こんどう》右京《うきょう》という。三十ばかりの年格好だ。月代《さかやき》も長く伸びているし、頬や顎にも不精髭《ひげ》が濃い。髪結い床に通う銭にすら事欠いている様子だ。一張羅《いっちょうら》の着物は衿や袖が擦り切れている。袴《はかま》を着けていたが、その袴も、折り目すら定かでないほどに古びていた。

手にした茶碗を上下に振って滴を切りながら、近藤右京は明かり取り窓に目を向けた。日当たりの悪い裏長屋で、天気も悪いから尚更暗い。浪人の痩せこけた頬がどす黒い影になっていた。

「よく降る雨だ」

近藤は吐き捨てるように呟くと、部屋の真ん中にドッカリと座り直した。

長屋の庇《ひさし》からは滝のように雨水が流れている。近藤はまんじりともせず雨の音を聞いていたが、ふと、その耳がピクッと震えた。

近藤は腕を伸ばして刀を摑み、腰の脇に引き寄せた。いつでも抜刀できる体勢で、障子戸の外に声を放った。

「誰だ」

障子戸に人影が映る。声をひそめて返事があった。

「俺だ。松川八郎兵衛だ」

近藤はホッと安堵《あんど》した様子で立ち上がると、障子戸に歩み寄って、心張り棒を外した。

「入れ」

戸外にいた松川——近藤と似たような年格好で、同じようにうらぶれた身形《みなり》の浪人者が飛び込んできた。笠で顔を隠し、蓑《みの》で体形を隠している。

近藤はいったん表に首を出して、路地の様子を探ってから、ピシャリと戸を閉ざした。

松川八郎兵衛は蓑笠と草鞋《わらじ》を脱ぐと、土間に転がっていた桶で足を濯《すす》ぎはじめた。近藤は雑巾を手渡した。

「無事だったか松川。町方の同心に追われていたので、案じておったぞ」

「うむ、それだ……」

松川は濡れ鼠の姿で身を持て余している。近藤は「あがれ」と声をかけて、長屋の板敷きに上がらせた。

「すまぬな」

「なぁに、すでにして至る所が水浸しだ。気にすることはない」

部屋には畳も敷かれていない。人が座る場所に莚《むしろ》が敷いてあるだけだ。

松川は腰を下ろして胡座《あぐら》をかいた。近藤は「炭の買い置きも無いので、茶も出せぬぞ」と情けなさそうに言った。

「構わぬ。茶を馳走になるために寄ったのではない」

「水が飲みたければ、そこの水瓶《みずがめ》に――」

「水ならば、嫌というほど外に降っておる！」

松川は気短に近藤の言葉をさえぎった。近藤は驚いた様子で松川の顔を見た。

「どうした、声など荒らげおって。お主らしくもない」

「大事な話を一刻も早く、お主に聞かせたかったのだ」

「というと？」

「先ほどの話よ。わしが町方同心に目をつけられて追われておった、その時のことだ」

「江戸の地勢に不案内なお主が、よくぞ町方の追手から逃れられたものだな」

「うむ。実に危ういところであった。危ういところで、助けに入ってくれた者がおったのだ」

「助け？　お主にか。お主は江戸に出てきてまだ半年にもならぬ。江戸に知己《ちき》はおらぬと思うたが、いったい誰が」

「うむ、このわしも初めて見る顔だった。名を山嵬坊《さんがいぼう》とか申しておった」

「僧侶か」

「うむ。悪僧だと見た。表向きは僧侶だが裏では何をしているかわからぬ売僧《まいす》であろう」

「ふむ。江戸の市中には様々な悪党が潜んでおる。僧侶崩れどもめは、町方には手が出せぬと多寡《たか》をくくって、乱暴狼藉《ろうぜき》のやりたい放題だ」

「おおよそ、そのような手合いの悪党であろうな」

「その悪党がお主を助けてくれたのか」

「そういうことだ。彼奴《きゃつ》め、我らの目論見を見通しておった」

「なんと！」

「江戸の悪党は油断がならぬ、ということだな。……そのうえで悪僧め、我らと手を結びたいと申し出てきたのだ」

「なにゆえ」

「その魂胆はわからぬが、しかし、江戸市中に騒擾《そうじょう》を引き起こし、大公儀の心胆を寒からしめたい、という思いでは、我らと一致しておるとみた」

　近藤右京は、少しばかり不愉快そうな顔つきをした。

「松川よ、我らが打ち壊しを煽動《せんどう》しておるのは、大公儀に百姓町民の困窮《こんきゅう》を知らしめて、御政道を改めさせるためだぞ」

「わかっておる」

「察するに、悪僧めは混乱に乗じて悪事を働かんという魂胆だ。共に語るに足る者とはとても思えぬ」

「なれど、このままでは我らの本懐を果たすことは叶わぬ！　すでに町方の手が伸びておる。我らのみでは、早晩、捕縛されてしまうに違いない。それでは元も子もなかろう」

「むぅ……」

近藤はなおも抗弁しようとしたが、言葉に詰まってしまったようだ。すかさず勢い込んで松川が言い被せた。

「我らのみで大公儀に挑むは、さながら蟷螂《とうろう》が斧を振りかざし、大八車に立ち向かうようなものだ。それは勇気とは申せまい。義挙とも言えまい。ただの犬死にだぞ！」

「左様さな」

「兵は詭道《きどう》なりと申すぞ。ここは清濁《せいだく》併せ呑むの度量で、悪党の力を借りてみようではないか。どうじゃ」

近藤は少し考えてから答えた。

「確かに我ら二人のみで檄文《げきぶん》を刷って市中に撒《ま》いたところではかがゆかぬ。しかし、山嵬坊とか申す者に会ってみぬことには、なんとも判断の下しようもない」

「うむ、では会ってみるか」

「貴様を助けてもらった礼ぐらいは言わねばなるまいからの。……しかし、まことに信用できる男なのか」

「それはなんとも確言できぬな。だが、重ねて言うが我らはこのままでは座して死を待つのみだ。わしは、危ない橋でも、渡らねばならぬと思うておる」

「それは確かに一理ある。……ならば、そなたにつきあってみるとするか」

「よし。そうと決まれば――」

「どうするのだ」

「表道の稲荷に、山嵬坊の手下が待っておるのだ」

「ずいぶんと手配りの良いことだな」

近藤右京は少しばかり呆《あき》れながら、刀を手にして立ち上がった。

「どぅれ、鬼が出るか蛇が出るか」

などと呟きながら、内職の傘を片手に外に出て、貼ったばかりの油紙を雨に打たせながら稲荷の社《やしろ》に向かった。

「良くおいでなさった。さぁ、どうぞ、気を楽になさって下せェ」

下谷広小路――上野寛永寺の門前町にある料理茶屋で、問題の悪僧、山嵬坊が二人を待っていた。

熊のような体格の大男で、髭《ひげ》と揉《も》み上げを虎のように伸ばしている。それでいて頭はツルツルに剃っている。なんとも奇怪な面相であった。

どう見ても堅気者には見えないのだが、それでいて妙に愛想が良い。濡れ鼠でやってきた二人に、こざっぱりとした着物などを貸してくれたし、通された二階座敷もなかなかに贅《ぜい》を凝らした造りであった。

もちろん、江戸の遊冶郎《ゆうやろう》たちの目から見ればこんな座敷、たいした造作でもないわけだが、田舎から出てきた貧乏浪人の二人の目には、龍宮城もかくや、と思わせるほどに見えていた。

「まぁ、お座り下せぇ。今、下り物の、灘の銘酒を運ばせますから」

松川と近藤は慌てた。

「いや、そのような持てなしは無用!」

山嵬坊は虎鬚《とらひげ》を震わせて、莞爾《かんじ》と笑った。

「なぁに、この見世は拙僧が妹に切り盛りさせている見世でございますから、いくら飲み食いしても只《ただ》でございますよ、ヒッヒッヒ」

そう言ってから山嵬坊はさらに続けた。

「ここは寛永寺の門前町。町方の役人も、その手下どもも、ここにゃあ入ってこれやせんので、役人どもに追われていなさるお前様方には何よりの隠れ家。どうぞ、いつまでもこの座敷にご逗留なさってくださいませ」

「むむっ」

松川と近藤は顔を見合わせた。この悪党にこちらの事情を掴まれているようで、なにやら不気味だ。

近藤が鋭く山嵬坊を見据えながら質《ただ》した。

「そなたは、どうして我らのことを知ったのだ」

「江戸は広いと言いましても、悪党の世界は裏で繫《つな》がっておりやすからね。表の世界のお役人には見えねぇことでも、悪党には丸見えってこともあるんでさぁ」

山嵬坊はしれっとした顔つきで、悪びれた様子もなく答えた。

ちなみに世界という言葉はこの当時の歌舞伎の用語である。

「打ち壊しの檄文を瓦版屋に刷らせたでしょう？　あれは良くねぇ。あんな真似をしたら瓦版屋から岡っ引きに注進されまさぁ。もっとも、そのお陰で拙僧もお二人のことを知り、町方の手からお救いすることもできたんですがね」

近藤は唸った。

「瓦版屋の密告か」

「左様でさぁ。瓦版屋はお上の手先にも密告するし、あっしらのような者にも密告する。恨んじゃいけませんや。悪党の仕来りを知らずに仕事を頼んだあなた方の手抜かりだ」

「むぅ、一言もないな」

「ま、瓦版屋も、お上に密告しながら、お二人を助けるために、あっしらにも事の次第を伝えたってことでさぁ。人の好《よ》い瓦版屋でようござんした。……ああ、酒がきた。どうぞ、飲んでやっておくんなさいよ」

松川と近藤は、山嵬坊の妹だという美女の酌で酒を飲んだ。なるほど美酒であるようだったが、二人は美酒を味わっているどころではなかった。

近藤は早々に盃を伏せた。

「して、山嵬坊殿。我らと力を合わせたい、とのことであったが」

「へぇ、これは気の早い。まだ料理も出ていないのに」

「肝心の話を聞かぬことには、酒も料理も喉を通らぬ。……む、小心者よと笑われようが、これが我らの本音じゃ」

「左様でございますか」

山嵬坊は抗《あらが》いもせず、銚釐《ちろり》と盃を脇に寄せて、居住まいを正した。

「松川様からお聞きした話では、お二方は、今の世の中の歪《ゆが》んだ御政道を正すために、打ち壊しを策しておられる、とか」

「左様じゃ」

近藤は重々しく頷くと、背筋を伸ばし、瞼を閉じて、さも、もっともらしい顔つきで答えた。

「昨今の御政道の過《あやま》ちによって、武士はおろか、関八州の百姓どもまで塗炭《とたん》の苦しみに喘《あえ》いでおる、我らとしても、百姓の苦しみを到底見過ごしにはできぬ。大公儀に改心していただかねばならぬのだ」

「だから、打ち壊しを引き起こそうってんですね？」

「左様だ。打ち壊しは町人の一揆《いっき》だ。町人が江戸で一揆を起こせば、いかに頑迷な大公儀といえども猛省し、御政道を改めるに違いないからな」

近藤は、憑《つ》かれたような目つきで、滔々《とうとう》と語り続けた。

「今、江戸の町人は飢《う》えておる。市中の米が逼迫《ひっぱく》しておると申すに、大公儀は安閑《あんかん》として打つ手もない。ここで我らが町人の怒りに火をつければ、それは燎原《りょうげん》の火の如くに江戸中に広まろう。〝衆怒犯し難し〟とはまさにこのこと。いかに大公儀といえども、町人どもの打ち壊しには対処できまいぞ」

「左様でござんしょうか？　なんといっても将軍様には、お旗本の八万騎が控えていなさりやすぜ。町人を蹴散らすぐらい、わけもないことでしょうに」

「何を申すか。江戸の町人は大公儀にとっては領民。町人からの運上金で江戸の町は成り立っておるのだ。町人どもを皆殺しにするのはたやすかろうが、しかし、その後、誰が江戸に住んで、武士の暮らしを支えるというのか」

大工をはじめとして職人も、八百屋も魚屋も、その他諸々の職業の者たちも、元はといえば徳川の武士の暮らしを支えるために、幕府が呼び寄せた者たちだった。町人の支えがなくては武士は暮らしていけないし、税も入ってこなくなる。

「なるほど、お上も町人には手出しができねぇってわけですかい。こいつは良いところにお気づきなさった」

山嵬坊の脳裏に浮かんだ光景は、大混乱した江戸の市中を我が物顔に荒らしまくる町人と、その尻にくっついて火事場泥棒を働く悪党と、それを見ながら手を拱《こまね》いている町方役人の姿であった。

（なるほど、打ち壊しに便乗すれば、濡れ手に粟の荒稼ぎができそうだぜ）

舌なめずりをしたい心地だったのだが、浪人二人の手前、謹厳な顔つきを取り繕って、言った。

「そういうお話でございますれば拙僧も、お二方の義挙に手をお貸しいたしましょう」

「左様か！」

近藤が満面に喜色を現わした。山嵬坊はますます恭《うやうや》しく低頭した。

「拙僧の手の者を市中に走らせて、打ち壊しを煽《あお》りまする。拙僧はこれでも僧侶。市中の拝み屋にも顔が利きまする。『世直し大明神現わる』などと語らせて、御札でも撒けば、たちまちのうちに町人衆はその気になって、打ち壊しの用意を始めるに違いありません」

「なるほど！　それは名案だ」

「拙僧とて仏門に仕える身。昨今の金銭ばかりを有り難がる風潮は、苦々しく思っていたところでございまする。喜んで、微力を尽くさせていただきまする」

山嵬坊は柄にもなく手などを合わせて、仏を拝むような仕種をした。

「うむ、宜《よろ》しく頼むぞ！」

近藤右京はここに来るまでは山嵬坊のことを、悪僧に違いあるまいと思い、それは正鵠《せいこく》を射ていたのであるのに、ほんの短い遣り取りで、すっかり信用しきってしまった。山嵬坊のほうが（この浪人、浅はかに過ぎるのではないだろうか）

と、不安に感じてしまうほどの入れ込みようだ。

近藤は自分の弁舌に酔っていたのである。自分の弁舌に酔っているから、それを聞いている山嵬坊も、自分の論旨に感動し、心服しているはずだ、きっとそうに違いあるまい、などと決めつけていたのである。だから山嵬坊がちょっと調子を合わせただけで、疑うこともなく、信用しきってしまったのだ。

「それじゃあ旦那方、このお座敷は旦那方の当座の隠れ家としてお貸しいたしましょう。御用があればなんなりと、店の者に申しつけてやっておくんなさい」

山嵬坊は恭しく一礼して、座敷を退いた。

階段を下りた所にお峰が立っていた。柱に背中を預けて腕組みなどしている。女人としては甚《はなは》だ行儀の悪い姿だが、希代《きたい》の女悪党のお峰には、そんな蓮《はす》っ葉《ぱ》な姿がよく似合っていた。

お峰は、階段を降りてきた山嵬坊にチラリと視線を向けた。

「なんだろうね、あの浪人たち。まるで元服前の若侍みたいに性根が真っ直ぐじゃないのさ」

盗み聞きをしていたようだ。

裏街道で育ち、子供の頃から騙《だま》し騙され、盗み盗まれして育ったお峰にとって、浪人二人の純粋で真っ直ぐな気性は、むしろ奇怪にも不気味にも思えるほどだ。

一方の山嵬坊は、寛永寺で働く下級の僧侶でもあったので、お坊ちゃん育ちのお坊様たちの、馬鹿正直で夢見がちな気性も見慣れている。

「ああいう手合いが一番操りやすいんだぜ」

などと嘯《うそぶ》いて、ニヤリと笑った。

二人は一階の座敷に入った。山嵬坊が長火鉢の前に腰を下ろす。お峰は障子を開けると出窓に座った。

「やいお峰。あの浪人二人をこっちの仲間に引き込もうって言い出したのはお前《め》えだが、いってぇ何を企んでいやがるんだ」

お峰は微《かす》かに笑った。

「打ち壊しが起これば荒稼ぎができる。そう見込んでいなさるのは、山嵬坊上人のほうじゃないかぇ」

「ふん。相変わらず察しのいい女狐だが、そんなこたぁ誰でも思いつく。だが、お前ぇが考えているのは別のことだ。もっと手の込んだ策を練っているのに違《ちげ》ぇねぇ――と、拙僧は睨んでいるんだがね。どうだぇ？」

「フン。こう見えてあたしも女。心中をあれこれ忖度《そんたく》されるのは気持ちよかぁないけどね。まぁいいさ。あたしが考えているのは只一つ、八巻の野郎の手足をもいでやろうって、ただそれだけさね」

「八巻の手足をもぐだと？」

「そうさ。山嵬坊上人、いまや南北町奉行所一の切れ者同心と恐れられるあの八巻、その力の源はどこにあるとお思いなさる？」

「さぁて……。千里眼とも言われる眼力か。それとも、手下に抱え込んだ荒海一家の働きか」

「あたしが見るところ、八巻を支えているのは一にも二にも金さ。三国屋の財力。これが八巻の手妻《てづま》の種だよ。八巻は、有り余る三国屋の財力を使って、荒海一家を動かし、浪人の水谷弥五郎《みずたにやごろう》を操り、それどころか、老中の本多出雲守《ほんだいずものかみ》まで味方につけていやがるんだ」

「まったくもって恐ろしい同心だぜ。江戸開府以来、こんな恐ろしい同心は一人としていなかったに違ぇねぇ」

「だけど、三国屋という後ろ楯がなくなっちまったら、あの男はどうなるだろうね。鶴も鷲も、羽がなかったら空を飛べない。そうじゃないかね」

「もうちっと、分かりやすく物を言いねぇ」

「つまりだね。三国屋を襲ってぶっつぶしてやるのさ。そうなったら最後、八巻の神通力も通用しなくなるよ」

「馬鹿を言うな。江戸一番の札差で、日本橋に堂々と店を構える三国屋をどうやって……」

と言い掛けたところで、山嵬坊の顔つきがみるみるうちに変わった。

「打ち壊しだな！　お峰、手前《てめ》ぇ、打ち壊しを煽動して、三国屋を襲わせて、潰しちまおうって魂胆だな！」

お峰はフッと笑った。

「ご明察さね。さすがは山嵬坊上人」

ようやく気づいたのか、と小馬鹿にしたような顔つきだったが、興奮した山嵬坊は気づかない。

「なるほど！　お峰、手前ぇはたいした女狐だぜ！　その手なら確かに、三国屋を潰せるかもわからねぇ」

「三国屋の金蔵を破って、有り金全部を市中に撒いてしまうのさ。そうなれば三国屋も八巻も一文なし。もう怖いことなどなにもないよ」

「まったくだ！　こいつはまったく面白《おもしれ》ぇや」

大名ですら恐れるに足らずの気概を持って、傲然《ごうぜん》と日本橋に店を構える三国屋。しかし、雲霞《うんか》の如くに押し寄せる、怒れる民衆には、何者も太刀打ちできない。店は破壊され、蔵は破られ、溜め込んだ金銭はすべて持ち出されてしまうはずだ。

「三国屋の蔵を破る好機！　そして八巻の息の根を止める一石二鳥の策だぜ！」

山嵬坊は興奮しきっている。お峰は冷やかに、山嵬坊のはしゃぎっぷりを横目で見つめた。

二

警動で捕らえられた女たちは、いまだ蔵の中に閉じ込められている。女たちが気丈に堪えていられたのは、お峰という希望があったからだ。さもなくばこの過酷な環境と、将来の不安が重なって、気が変になる者が出てきても不思議ではなかった。

お咲は蔵の隅に膝を抱えて座っている。辛い時には子供の頃の、楽しかった日日を思い出すと良い、などと言い聞かされていたが、お咲には、いくら思い返そうとも、楽しい日々の記憶はなかった。

その時、扉の鍵が開かれた。女たちはハッとして一斉に、扉の方に目を向けた。

女たちの期待に反して、内扉の鉄格子越しに覗きこんできたのは男、吉原の牛太郎であった。

「お咲ってのは、いるかい」

牛太郎は恐ろしげな顔つきをしていたが、意外にも優しげな口調で話しかけてきた。だが、女を食い物にする男たちの優しげな口調はかえって危ない。皆、全身をこわばらせている。そして皆で、お咲に目を向けた。

視線が集中してしまったら、この娘がお咲なのだと知れてしまう。案の定、牛太郎はお咲に目を向けてきた。

「お前ぇがお咲か」

お咲は首を縦に振るべきか、横に振るべきか迷った。しかし、しょせんは逃れえぬ運命だと覚《さと》って、「あたしが咲です」と答えた。

牛太郎はジロジロと不躾《ぶしつけ》な視線でお咲の顔を凝視していたが、やがて、

「出ろ」と言って、内扉の鍵を開けた。

「早く来い」

開かれた扉の外で仁王立ちになって、お咲を促す。お咲は、これは幸運なのか、それとも不幸の始まりなのかわからなくなって困惑した。何事が起こっているのかわからないのは他の女たちも同じだ。皆で不安そうに、お咲の様子を窺《うかが》っている。

お咲は意を決して立ち上がった。手荷物などは何もない。

身一つで蔵から出ると、すぐに背後で二重の扉が閉ざされた。

お咲は二日ぶりに空を見た。どんよりと曇っていたが、眩《まぶ》しさに目が眩《くら》むような心地がした。

蔵の外では屈強な牛太郎たちが六尺棒を抱えて行き来していた。女たちが脱走しないように見張っているのだ。その中の一人が鼻を寄せてきて、顔をしかめさせた。

「臭《くせ》ぇな。まずは湯に浸かってこい」

何がなんだかわからぬうちに内湯に連れて行かれた。

お咲が育った村では、家に内湯などを持っているのは庄屋様だけだ。貧しい者たちは皆、川の水で身体を洗う。寒い季節は焚き火で石を焼いて、河原に作った溜池に投げ込んで湯を沸かす。半月に一度、身体を洗うことができるかどうかという暮らしであった。

（ここは、お殿様のお屋敷なんだろうか）

と、お咲は考えた。湯屋の壁や天井にまで綺麗な絵が描いてある。よほどのご身分の御方のお住まいなのに違いあるまいと考えたのだが、彼女がいるのは言うまでもなく、吉原の遊廓だ。

身体を綺麗に洗うようにと言われたので、素直に洗った。生まれて初めて糠袋《ぬか》という物も使った。彼女の村では糠は立派な食料だ。糠で身体を洗うという発想が、まったく理解できなかった。

湯から上がると浴衣が用意してあって、女たちの手でそれを着せられた。

「こっちぃおいで」

無愛想な女に手を引かれて、二階の座敷の前の廊下に連れて行かれた。お咲は、この大広間にお殿様がいらっしゃるのだと考えて、緊張した。

「若旦那、お咲を連れて参りましたよ」

女が廊下に膝をついて障子を開ける。お咲は額が床につくほど低頭した。

「ああ、あんたがお咲ちゃんかい」

思いも寄らぬ優しげな声が降ってきた。それでもお咲は、相手はこのお屋敷のお殿様だと信じていたので、面《おもて》を上げようとはしなかった。

「ふふふ」と、そのお殿様が笑った。

「そんなに畏《かしこ》まることはないのさ。聞けば、お咲ちゃんはご浪人様の娘さんだというじゃないか。あたしのような素ッ町人に頭を下げることはないよ。さぁ、お顔を上げておくれな」

お咲は恐々と顔を上げた。金屛風を背にして座る、細面で色白の、優美な笑顔の男の姿が視界に飛び込んできた。

お咲はあらためてびっくりした。こんな美しいお人は見たことがない。お殿様ではないのだとしたら天人だ。

その天人が煙管を片手にしながら、笑みを絶やさずに訊ねてきた。

「お前さん、警動にあった日の昼間に、荒海一家の口入れ屋をお訪ねになったかね」

お咲は返事をするのもままならず、無言でガクガクと頷いた。

「そこで、寅三さんっていう、怖い顔つきの兄ィと話をしたんだね」

ここで初めて、お咲は口を開いた。

「怖くはありませんでした。親切な人でした」

すると、天人はますます嬉しげに微笑んだ。

「そうかい。それは良かった。その親切な寅三さんがね、あんたを助けてやってくれって言うから、あたしがこうして出張ってきたという次第なのさ」

お咲は、天人の言葉を何度も頭の中で反芻《はんすう》した。

「あたしを、助けてくださるのですか……？」

「そういうことさね」

天人は煙管を咥《くわ》えて、プカーッと紫煙をふかした。

そこへ二人の男が入ってきた。大黒屋の楼主と、四郎兵衛番所の四郎兵衛である。もちろんお咲には、二人が何者なのかはわからない。

二人が腰を下ろすと、天人が笑顔で言った。

「このお人だったよ。間違いない」

「ハァ、それは……」と、煮え切らない返事をしたのは大黒屋の主だ。

天人――卯之吉は、大黒屋と四郎兵衛を交互に見つめた。

「あたしが引き取ってもいいだろう？　このお咲さんは岡場所で捕まったけど、

まだ客を取ってはいなかったというじゃないか。寅三さんの話では、人買いに騙されたということだったしね」

四郎兵衛が険しい顔で答えた。

「しかし、この小娘を無罪放免ということにしちまったら、それはあっしら、四郎兵衛番所の手抜かりだった、ということになりやすぜ」

罪のない娘を遊女扱いして捕縛し、蔵に閉じ込めたとあっては、四郎兵衛番所の体面に傷がついてしまう。四郎兵衛はけっしていい顔をしなかった。

「ああ、だからね」

卯之吉は通人だ。事情を理解したうえで、八方丸く治めるのが、粋であった。

「お咲ちゃんの身は、あたしが買い戻そうじゃないか」

警動で捕まった女人は、家族が金を納めることで買い戻すことができる。

今、蔵に閉じ込められている女たちも、家族が金を持ってきてくれれば解放される。しかし、金がないから岡場所の遊女などに身を堕《お》としているわけで、家族が金を持ってくることなどありえないわけだ。

しかし卯之吉ならば、お咲の身を買い戻すことなどわけもない。

「へい、それなら」

四郎兵衛も納得の顔つきとなった。これなら四郎兵衛番所が冤罪《えんざい》を作ったことにはならない。

お咲は何事が起こっているのか、この立派そうな男たちが何の駆け引きをしているのか、さっぱり理解できないでいる。それを見て取った大黒屋が、卯之吉の手前、気を利かせて、横からお咲を促した。

「あちらの若旦那様が、お前さんを救ってくださったのですよ。さぁ、お礼を申し上げなさい」

「えっ、あの……」

お咲は目を白黒させて、それから大黒屋に訊ねた。

「あちらのお殿様は、どちらの……」

「三国屋の若旦那様ですよ！」

それでもお咲はまったく理解できない。

「三国屋？」

大黒屋は大げさな態度で呆《あき》れ果てた。

「これだから田舎娘は……。こんな物知らずを吉原の座敷に上げるわけには参りませんよ！」

警動で捕まえたからといって、押しつけられても甚だ困る、という話だ。

江戸で育った者なら誰でも三国屋を知っている。三国屋の若旦那と言えば、そのお人がどれほどの金持ちかということを、その豪快な蕩尽《とうじん》ぶりの噂とともに理解していた。「三国屋の若旦那」と聞いてもピンとこないような娘を、吉原の遊女にしてしまったら、吉原全体が笑い物になってしまうのだ。

大黒屋は手で顔を覆って困惑し、お咲はポカンと目を見開いている。卯之吉は金屏風の前で、上機嫌に笑った。

三

それからさらに数日が過ぎた。しつこく降り続いた長雨は止んだが、しかし、米の流通事情はまったく好転しなかった。

飢餓《きが》は貧しい者たちから広がる。飢えた者たちは、飢えずにすんでいる金持ちを憎む。金持ちが米を買い占めるから米価が上がる。だから自分たちが飢えるのだ、と思いこんでいるのだ。

村田銕三郎は、下駄貫たち岡っ引き連中を従えて、いつものように市中を巡回していた。

雨は止んだが鼠色の雲が分厚く空を覆っている。村田のような男でさえ憂鬱《ゆううつ》な気分になってきた。

「ちっ、どいつもこいつも辛気臭いツラをしやがって」

道を行き交う町人たちが、同心の見廻りと見て、目を向けてくるのであるが、その目つきがどんよりと濁っている。生気はまったく感じられない。村田と目が合っても、黙礼すら寄越さぬ者までいる始末だ。

村田の不機嫌を見て取って、下駄貫が肩を竦《すく》めた。

「みんな腹を空かせていやがるんでさぁ」

飢えているから顔つきが陰気になる。表情からも明るさがなくなってしまう。

村田はいらだたしげに舌打ちを繰り返した。

「こういう時には町人どもも破れかぶれになって、無用の悶着をしでかすんだ」

そんなことは、下駄貫たち岡っ引きも理解している。だからこうして見回っているのであるが、飢えた連中は道徳心を失いやすい。普段なら十手を突きつけただけで震え上がるような小心者たちが、恐れも知らずに歯向かってきたりする。

十手持ちの岡っ引きにも始末に負えないような出来事がそこここで起こってしま

う。下駄貫も緊迫しきった顔つきで、周囲に視線を走らせた。

村田は筆頭同心、町人たちからの進物や賂《まいない》で裕福に暮らしている。岡っ引きにも袖の下が入る。少しばかり米価がつり上がっても、食事に事欠くということはない。

しかし、だからこそ、飢えた町人たちから怨嗟《えんさ》の視線を向けられてしまう。腹を空かせた者たちからすれば、自分たちが飢えているのに、飽食しきった者の姿を見せつけられては腹に据えかねる。なんとも剣呑《けんのん》な空気を肌に感じながら、村田たちは町中を歩き続けた。

一行は芝口に入った。自身番の前に差しかかり、障子戸の中に向かって村田が、「何事もないか」と問い質す。何事もなければ「へーい」と返事が返ってくる。しかしその日は、自身番の中から、町役人《ちようやくにん》が飛び出してきた。

町役人というのはその町内の自治を担当する町人のことだ。村田たち町奉行所の役人は〝まちやくにん〟と呼ばれて区別されている。

「む、村田様、よいところへ……」

現われた町役人は、表具屋を商っている佐吉《さきち》という老人であった。古株の町役人なので村田とはすでに顔なじみだ。佐吉は鼈甲《べつこう》の縁の眼鏡をしきりにいじって、鼻の上に押さえつけながら、慌てた口調で告げた。

「ご、ご相談申し上げたいことが……」

村田の顔つきが引き締まった。

「なにか起こったのか」

佐吉は、梅雨の温気《うんき》に脂汗など滲《にじ》ませながら、しきりに眼鏡をさわっている。

「と、とりあえず、番屋の中へ……」

余人には聞かれたくない話なのか、村田を自身番の中へ引き込もうとした。

村田としては、この蒸し暑いのに、狭くて風通しの悪い番小屋などには入りたくない。嫌々ながら、間口をくぐって中に入った。

「只今、お茶を……」

佐吉は火鉢に炭を入れようとしたが、こんな狭い番小屋で火など熾《おこ》されたらますます暑くなってしまう。村田は厳《いか》めしい顔で断った。

「話だけ聞かせればいいんだ。いったい何事が起こったんだよ」

「へ、へい……」

佐吉は手拭いで首の汗など拭って、しきりに恐縮の態度を示してから、答えた。

「町内に高崎屋《たかさきや》という米屋があるのですが……」

「ああ。確か主は新左衛門《しんざえもん》といったな」

村田は筆頭同心に任じられるだけあって、立場に相応《ふさわ》しい切れ者である。担当する町内のことはなにくれとなく記憶している。

「はい、さすがは村田様」

「世辞なんか要らねぇ。それで、高崎屋がどうした」

「はい、そのぅ、今朝早くに奉公人が表戸を開けたところ、表戸の外に貼ってあったのでしょうか、紙が剝《は》がれ落ちたと見えて……そのぅ、戸を開けた時に剝がれたのでしょうけれども」

佐吉は年寄りだけに話が回りくどい。村田はいらだたしげに言った。

「何が貼ってあったんだい」

「はぁ。手前があれこれと申し上げるよりも、現物を見ていただいた方が早いかと……」

座り直して、机の引き出しにおもむろに手を伸ばした。村田は内心、(段取りが悪い)と思ったのだが、さすがに老体の佐吉を怒鳴りつけるのだけは辛抱した。

佐吉が紙を取り出して、差し出してきた。

「これでございます」

村田は受け取って視線を落とした。途端に目つきが険悪に光った。

「火札《ひふだ》じゃねぇか！」

「はい、左様で。それで手前も困っているのでございます」

佐吉は眼鏡の奥の両目をショボショボとさせた。

火札とは放火を予告する張り紙のことである。普通に考えれば脅迫状なのだが、その性格は複雑だ。「火をつけるから、年寄りや子どもなどは安全な場所に逃がしておけ。大切な家財道具は運び出しておけ」という、人道や思いやりに根ざした張り紙でもある。

あるいは、まったく火をつけるつもりなどはない、ただの嫌がらせという場合もあった。わざわざ火札を貼った理由を推《お》し量るのは、年功を積んだ佐吉にも、切れ者同心の村田にも、難しいことであった。

村田は佐吉に訊ねた。

「こいつを貼った者を見たヤツはいねぇか」

「それが、生憎《あいにく》と」

村田は満面に血を昇らせた。

「この悪天候だ、夜中に出歩く者はそうそういるめぇ！　また、歩く者がいれば、この泥道だ。ビシャビシャと足音を立てたにちげぇねぇ！　いってぇ手前ぇら番屋の者どもは、なにをしていやがったんだ！」

番屋には町役人が夜通し詰めていなければならない、という決まりになっている。しかし佐吉のような年寄りが徹夜をするのは辛いし、何事か起こった時に老人では頼りにならない。町要用《まちいりよう》（町会費）で雇われた番太郎が代わりに詰めているはずなのだ。

「そ、それが……、番太の太郎吉《たろうきち》も、何も見聞きしなかったと……」

「おおかた、居眠りをこいていたのに違《ちげ》ぇねぇぜ！」

「いえ、太郎吉は昼間は一日中寝ているものですから、夜中は起きているのではないかと……」

「くそっ、どいつもこいつも役に立たねぇ！」

「へい、面目もございません」

「なんだって高崎屋に火札が貼られたんだ。高崎屋は、人に怨《うら》まれるような阿漕《あこぎ》な商いをしていやがったのか」

「いえ、実直な商いをなさっておられます」

町内の悪徳商人を見逃していた、ということになれば、町役人にも咎《とが》めが及ぶ。佐吉は慌てて答えた。

「なら、どうして火札なんかを貼られるんだ！」

イライラと怒気を滾《たぎ》らせている村田に、恐る恐る、佐吉が言った。

「……そのぅ、これは、打ち壊しの予告なのではないか、と」

村田がギロリと目を剝《む》いた。

「打ち壊しだぁ？」

「は、はい。米屋の高崎屋さんだけに火札が貼られた理由は、それぐらいしか思いつきませんので」

「この町内には、打ち壊しを策す痴《し》れ者《もの》がいやがるってことか！　やい、佐吉！　手前ぇよくよく考えてものを言え！　ことと次第によっちゃあ、町内丸ごと、詮《せん》議《ぎ》の手が入ることになるぜ！」

「いえ、村田様！　こうなったら何もかもぶちまけてしまいますが、腹を空かせた町人たちの、辛抱は限界にきております！　喧嘩口論は日常茶飯事、今日明日にも打ち壊しが起こったとしても、あたしは驚きはいたしません！」

「佐吉、手前ぇ――」

怒鳴りつけ、叱り飛ばしてやろうと思った村田だったが、佐吉が決死の覚悟で眦《まなじり》を据えて見つめ返してきたので、思わず、気を呑まれてしまった。

「……それは、本当のことなのか」

「はい。手前も町役人を奉職して二十年になります。この目に狂いはないものと自負いたしております」

「手前ぇの眼鏡には、今にも蜂起しかねねぇ町人の姿が映っている、ってことかよ」

「そうお考えくださって結構にございます」

村田は言葉を失くした。

村田は馬鹿ではない。町人たちがなにゆえ立腹しているのかは理解している。

(米さえありゃあ、済むって話なんだが)

しかしその米がない。

(ちっくしょう！　悔しいが、この俺にも、どうにもならねぇッ！)

市中が平穏無事に治まっていることこそが村田の願いだ。そのためには米がいる。八百八町の町人の腹を満たすだけの米が必要なのだ。しかし、村田にはその米を用意するだけの力はない。

村田は舌打ちした。町奉行所の同心は、町人地ではふんぞりかえって威張り散らしているが、その実態はしがない小役人だ。小役人の無力さを、今日ほど痛感させられたことはなかった。

どうにかしなければならないことはわかっているのに、どうにもならない。見廻り中に町人たちから向けられた、しらけたような目つきを思い出す。町方の旦那を頼ってもどうにもならないということを町人たちも理解しているのだ。別の言い方をすれば見放されてしまったのである。

村田はギリギリと歯嚙みをした。

四

「おう、卯之さん、久しぶりだな」

大黒屋の二階座敷に大柄な体軀《たいく》の若侍が乗り込んできた。越後山村藩、梅本《うめもと》家の三男坊で冷や飯食いの源之丞《げんのじょう》。時代に外れた風雲児と言うべき男で、卯之吉と並び称される吉原の名物男であった。

「これは源さん、お呼び立てしちまって申し訳ないねぇ。まぁ、お座りよ」

「おうよ。久しく一緒に飲んでいなかったからな。懐かしさのあまり飛んで来たという次第よ」

源之丞はドッカリと座って胡座をかいた。源之丞は男っぷりが良いので、遊女たちからも人気がある。すかさず左右に侍《はべ》った女たちが、酒杯を持たせ、酒を注いだ。

卯之吉は「ふふふ」と微笑んで答えた。

「この長雨で、お江戸はてんてこ舞いだからねぇ。あたしのような半端者も、それなりに忙しく立ち回らなければならなかったのさ」

卯之吉は町奉行所の御用のことを言っている。遊女たちは卯之吉を、札差の若旦那だと思っているから、三国屋の仕事の手伝いで、米の手配に奔走していたのだろうと考えた。

座敷には菊野太夫も招かれている。卯之吉を見つめて微笑んだように見えた。

「三国屋様のお力を以てすれば、すぐに江戸中に、米が出回ることにございましょう」

その言葉を受けて卯之吉は表情を曇らせた。

「ところがねぇ、関八州の公領も水害に見舞われてる。なかなか上手くいかない。お勘定奉行様も関東郡代の伊奈《いな》様もご尽力なさっていらっしゃるのだけどねぇ」

「左様でありんしたか」

さすがに吉原では食料不足に陥ってはいないが、それでも食材は乏しくなり、台の物の値段も上がる一方だ。卯之吉のような金持ちにとっては、なんでもないことであったが、客の中には、「とてもこの値付けでは支払いできぬ」と、吉原通いを諦めてしまう者たちも続出していた。

「まぁいいさ。今夜は飲もうよ。せっかく源さんも来てくれたのだからねぇ」

卯之吉は上機嫌に言うと、下り物の銘酒の入った大盃を呷《あお》った。

「まったく、豪気なものだな」

男伊達が自慢の源之丞も、呆れ顔半分で苦笑した。

卯之吉は源之丞に訊ねた。

「お国許の水害はどうですね」

「わしの国許か？　いや、越後は山並みの向こうだからな。関八州ほどの被害は出ておらぬわ」

「それはよろしゅうございました」

そこへ、一人の少女が燗をつけた銚釐を盆に載せて入ってきた。

大黒屋とは馴染みの源之丞も、卯之吉の座敷に呼ばれ慣れている菊野太夫も、その娘の顔を見るのは初めてだ。

卯之吉は二人の顔つきを読んで、気を利かせて、説明した。

「この娘さんはねぇ、お咲様と仰《おつしや》って、さるご浪人様のご令嬢様なのさ」

卯之吉はいまだに自分の身分を町人だと思っている。浪人の娘のお咲の方が偉いと思っているので、敬語を使って紹介した。

しかし、浪人は正確には武士の身分ではない。どこかの家中に仕官しない限りは町人の扱いだった。お咲は自分が、身分のある武士の令嬢などとは思っていない。盆を畳の上に置いて、深々と低頭した。

「お咲にございます」

源之丞と菊野太夫は、不思議なものを見るような目つきで、お咲を見つめた。

卯之吉は盃を舐《な》めながら言った。

「よんどころのない事情があってね。あたしがお咲ちゃんを、こちらで世話してくれるように頼んだのさ。そういうことだからね、源さんも太夫も、宜しく引き回してやっておくれよ」

「そういうことなら任せておけ」

源之丞が厚い胸板を反らして請け合い、菊野太夫も優しげな目を向けて頷いた。

「お咲というのかえ。三国屋の若旦那の口利きとあっては無下にはできんせん。このわっちを姉貴分と思って、頼りにしなさんし」

お咲は田舎育ちだ。金銀の縫い箔をつけた、錦の着物の男女に言葉をかけられて、畏《おそ》れ入った様子で平伏した。


お咲は台所に戻った。空の銚子を洗って拭う。酒樽から銚釐に酒を移して、湯《ゆ》煎《せん》に掛けた。

「三国屋の若旦那も、梅本の若君様も、たいそう御酒を召し上がるからね。ボヤボヤするんじゃねぇぞ」

などと台所の板前にどやしつけられながら忙しく働いた。

汚れ物の皿を盥《たらい》に移して、裏手の井戸に向かおうとした時だ。

「おや、お前は」

裏庭の暗がりから出てきた女に声をかけられた。

「あっ」お咲は息を飲んだ。

「お峰さん……」

蔵に閉じ込められていた時には、いろいろと世話になった女だ。お咲はペコンと頭を下げた。

お峰はジロジロと訝《いぶか》しげに、お咲を凝視してきた。

「お前、蔵から出られたのかえ。お仲間がまだ閉じ込められているってのに」

お咲の幸運を喜んでいるようには見えない。

「お前、まさか、仲間を売ったんじゃないだろうね」

蔵から脱走する話を持ちかけてきたのはお峰だ。その話をこの見世の男に告げ口して、自分だけ助かったのではないだろうね、と、質してきたのだ。お咲は勘の鋭い娘だったので、咎めるようなお峰の口調から、お峰の疑惑を読み取ることができた。

「あたしは何も喋《しゃべ》ってなんかいません」

「なら、どうして出られたんだい」

それを聞かれても、お峰自身にもよくわからない。

「口入れ屋の寅三さんとかいう人と、お金持ちの旦那様が、助けてくださったのです……」

　お峰はフンと鼻を鳴らした。

「世の中には奇特な男たちがいたもんだ。もっとも、あんたのその器量だ。売り飛ばすのは惜しいと見て取って、囲い者にしようという魂胆に違いないけどね」

　そう決めつけられると、なるほど、そうなのかも知れない、と思わぬでもない。

（だけど、あの若旦那様は、そんな疚《やま》しいお人には見えない……）

　無償の仁愛に満ちあふれているお人のように見えたのだが。

　その時、ふと、思いついたことがあって、お咲はお峰に顔を向けた。

「あの、お峰さん……」

「なんだえ」

「お峰さんは、江戸のことに詳しいように、見えるんですけど……」

「だったら、どうだってのさ」

「あたし、父を探しに、江戸に出てきたんです」

「お前のおとっつぁんをかい」

「はい。松川八郎兵衛という名なのですが」

一瞬、お峰の目が光ったようにも見えた。しかしお峰はすぐに顔つきを取り繕った。

「苗字があるってことは、お前のおとっつぁんはお武家なのかい？」

「浪人でございます。江戸に出てきたきり、便りもなくなってしまって……」

「江戸に、何をしに出てきたというのさ」

「村の困窮を救うため、公儀のお役人様に、お情けを乞いにきたのでございます」

「要するに年貢の掛け合いってことだね。自分が百姓でもありもしないのに、ご苦労なこった」

「父は、弱き者を助けるのが武士の務めなのだと、常々申しておりました」

「ふぅん。ご立派な父親を持って、あんたも果報者だ」

人助けばかり熱心で、自分の家族を犠牲にしている。お峰はそういう男は嫌いだ。

しかしお咲に皮肉は通じなかったらしく、本心から父親を褒められたのだと考えたらしく、少し誇らしげな顔になった。お峰のようなひねくれ者の悪党から見れば、とんだ太平楽の親子がいたもんだよ、という話である。

「それで、あたしにどうしろってのさ」

「あ、あの……」

「ははぁ、おとっつぁんを探してくれっていうのかい」

お咲の顔が真っ赤になった。赤の他人に向かって、あまりにも厚かましいと気づいたのだ。

「すいません、あたし……」

「いいのさ。藁《わら》にもすがりたい思いだったんだろう。わかったよ。心当たりを探してみようじゃないか」

そう言ってから、何を思いついたのか、お峰の顔つきがニヤリと笑み崩れた。お咲が世間を良く知っていたなら、人間がこういう笑顔を浮かべる時は、かえって警戒しなければならないと気づいたはずだ。

お峰は、親切ごかした物言いで、お咲に囁《ささや》きかけた。

「あんたは、この吉原からは動かない方がいいね。あたしがおとっつぁんを見つけた時に、繋《つな》ぎが取れないと困るからね」

「はい。あたしはどこへも行きようがありませんから。若旦那様のお言葉に甘えて、しばらくここで厄介《やっかい》になるつもりです」

「そうかえ。それが良いね」

お峰はほくそ笑みながら、何度も頷いた。

「わ、わしの娘が、吉原に囚《とら》われておるだと！」

松川八郎兵衛が目を剝いて叫んだ。

ここは山嵬坊の料理茶屋。お峰は下谷広小路まで駆けつけて、松川八郎兵衛に面会を求めた。料理茶屋の女将から山嵬坊の身内と紹介されて、無事に浪人二人と顔を合わせることができた。

お峰は、お咲が警動にひっかかって吉原に連行されていた事実を、父親である松川に告げたのだ。

松川はブルブルと身を震わせていたが、刀掛けの刀に手を伸ばして立ち上がった。仁王立ちになって身を震わせる松川の前で、お峰が両膝を揃え、畳に手を突いて面を伏せている。

「お咲様は、松川様の身を案じて、江戸に出てこられたのでございます」

「なんと……！　村でわしの帰りを待てと、あれほど申しつけてあったのに！」

「お咲様は人買いに騙されて、岡場所に売り飛ばされたのでございますよ」

「なんと！　どこの人買いだ！」

「お咲様が売られたのは、赤坂の裏伝馬町……。そこを差配するのは荒海ノ三右衛門という大悪党。三右衛門の息がかかった人買いでございましょう」

「おのれ！」

血相を変えて、今にも座敷から飛び出しそうな松川を、近藤右京が横から出てきて遮《さえぎ》った。

「待て！　今は大事の前だ。ここでお主が騒動を起こすのは良くない！」

「止めてくれるな！　その三右衛門とやら申す悪党の首を刎《は》ねてやらねば、この腹の虫が収まらぬ！」

お峰はすかさず言った。

「お待ちくださいませ。荒海ノ三右衛門は、南町の同心、八巻の手下でございます。三右衛門を手にかければ、八巻が黙ってはおりませぬ」

松川と近藤が顔色を変えた。

「八巻の手下だと！」

近藤がうろたえて叫ぶ。

「南町の八巻といえば、南北の町奉行所きっての辣腕《らつわん》と評判の、あの男か！」

「あい。剣の腕前は江戸で五指に数えられるほど……。そのうえ、荒海一家のような悪党どもを追い回してのやりたい放題……。このお江戸で八巻を敵に回したら、お命がいくつあっても足りはしません」

松川八郎兵衛が歯ぎしりをした。

「町奉行所の同心ともあろう者が、手下の者が岡場所などを差配するのを、見逃しにしておるのか！」

「表向きは町方の旦那でも、裏に回ればヤクザとつるんで悪事を企む。いやはや、恐ろしい話でございます」

「ううぬ、許せぬ！」

駆けだそうとする松川の腕を近藤が押さえた。

「待てと申すに！　そのような悪徳同心にお主一人でかかっていっても、返り討ちにされるのが関の山だ、犬死にだぞ」

「しかし、このまま黙って、堪えていろと申すのか！」

松川と近藤は激しく揉み合った。お峰は白々しい顔つきで畳の上に正座していたが、やがてポツリと言った。

「八巻の泣き所を突いてみてはいかがでしょうねぇ」

「八巻の泣き所？」近藤が目を向けた。

「それはなんじゃ」

一方の松川は興奮が収まらず、近藤の腕を振り払おうとしている。

「そんな、悠長《ゆうちょう》な話をしている場合ではないッ」

「まあ待て、話だけでも聞いてみようではないか。それからでも遅くはない」

近藤は苦労しながら説得して、松川を座り直させた。それからお峰に顔を向けた。

「して、その泣き所とは」

「あい。八巻の活躍を支えているのは三国屋という札差の、底無しの財力でございましてね」

「札差が同心の後ろ楯だと申すか。町奉行所の役人が商人風情を頼りとするとは。いやはや、世も末だ」

「あい。ですからお二方はその乱れた世を正すために、打ち壊しという義挙をなさろうとしておられるのでは？　山嵬坊様からそのように聞きました」

「左様だ」

お峰はニンマリと微笑んで、近藤と松川の顔を交互に見た。

「そこででございます。打ち壊しの衆に三国屋を襲わせる、というのはいかがでございましょう。三国屋の金蔵を打ち壊して、三国屋が不正に溜めた金子《きんす》を江戸の、いえ、関八州の貧しいお人たちに配るのでございます」

「なんと!」

「貧しいお人たちは救われ、悪徳商人の三国屋には天罰が下り、八巻も後ろ楯を失くして難儀いたしましょう」

「なるほど!」

近藤が膝を打った。

お峰は今度は、松川だけに囁きかけた。

「お咲様は吉原の、大黒屋という遊廓に囚われていらっしゃいます」

本当は囚われの身ではないのだが、平然と嘘をついた。

「警動で捕まったお咲様を自由の身にするには、金を積んで買い戻すしかございません。その金を手に入れるためにも、三国屋を襲うより他にないかと」

松川は拳を震わせて聞いている。

「わしも娘を救いたいのはやまやまじゃが、しかしそれでは押し込み強盗ではないか」

「お咲様を誑《たぶら》かして、岡場所に売り飛ばしたのは八巻一派でございますよ。これは正当な仕返しかと思いますがねぇ」

近藤はウンウンと頷いた。

「この者の申すとおりじゃ。今、お主が刀を振り回して荒海一家とやらに討ち入りを仕掛けても勝算はない。憎い八巻を倒し、悪徳商人に思い知らせ、窮民を救い、お主の娘まで救うのだ。一石四鳥の名案ではないか！　わしはこの話に乗ったぞ！」

近藤は喜悦満面、それどころか何かにとり憑かれたかのような顔つきをお峰に向けた。

「よくぞ秘策を授けてくれた！　礼を申す！」

「なんの。あたしはお咲様が幸せになってくれれば、それでいいんですよ」

お峰は殊勝な顔つきで答えた。

第四章　根城は吉原

一

朝、赤坂新町にある荒海一家の台所で、賄《まかな》いの婆さんが大きな釜の中を大きな杓文字《しゃもじ》でかき回していた。

台所には一家の若い衆が集まっている。

賭場で働く者たちは昼過ぎにならないと起きてはこないが、この者たちは三右衛門に従って同心八巻卯之吉の手下として走り回っている。日中にこなさなければならない仕事が山積みになっているので朝は早い。

「おい、お滝《たき》婆さん、飯はまだできねぇのか、腹が減ったぜ」

ヤクザの三下とはいえ育ち盛りの十代の、まだ髭《ひげ》も生え揃わないような顔つきの若者が言った。

途端にお滝の雷が落ちてきた。

「あんたみたいな穀潰《ごくつぶ》しは、飯を三度食わせてもらえるだけでもありがたいんだ！　つべこべ言ってると、その舌をひん抜いちまうよッ」

今は飯炊きの老婆だが、若いころには鉄火肌の姐御《あねご》として知られていたらしい。お滝という婀娜《あだ》ッぽい名も、その当時には似合いの名前だったのだろう。

それにしても、と、台所に集まった若い衆たちはゲンナリとして、お滝の後ろ姿を見守っている。釜を杓文字でかき回している——かき回すことができる、ということは、釜の中身は飯ではない。お粥《かゆ》だということだ。

お滝がおたまを取って、碗にお粥を移し始めた。それを見て、行儀の悪い若い衆たちは、露骨に顔をしかめて悪態までついた。

「なんだよ婆さん、今日も粥かよ」

「そんなんじゃ足腰に力が入らねぇ」

「糞までゆるくなってしかたねぇぜ」

お滝の顔つきが変わった。

「お前たち、なんてことを言うんだいッ」

激昂《げっこう》し、土間から板敷きに飛び上がってくると、手にしたおたまで若い衆の頭をポカポカと殴り始めた。

「ひえっ、堪忍してくれッ」

若い衆たちは頭を抱えて逃げ回る。おたまで殴られるのも痛いが、そのおたまには熱い粥がついている。振り下ろされるたびに粥が男たちの顔に襲いかかるのだ。

お滝は逃げまどう若い衆の帯など摑《つか》んでグイッと引き寄せ、なおも執拗《しつよう》に殴り続けた。

「三右衛門親分にタダ飯を食わせてもらっている身でありながら、三右衛門親分の釜の飯を悪く言うとは許せないよ！　その腐った性根を叩き直してやる！　このヤロッ、このヤロッ」

ドタバタと走り回る音が響きわたった。奥の板戸が開かれた。

「なんだなんだ、朝っぱらから騒々しい」

寅三がゲジゲジ眉をひそめながら顔を出した。昨晩も賭場の代貸を勤めていたので、ほとんど寝ていないはずだ。不機嫌そうな顔つきをしている。

「あっ、兄ィ」

「助けておくんないッ」

若い衆たちが意気地なく寅三の足元にすり寄った。

「だから、なんの騒ぎなんだよ」

若い衆たちが答えるより早く、お滝婆さんが憤然として答えた。

「このろくでなし野郎どもが、生意気に、あたしの作った粥じゃ満足できないなんて言うからさ、折檻《せっかん》してやっていたところなんだよ」

「そいつぁいけねぇな。一家の釜の飯を悪く言うような野郎は、一家に置いておくわけにゃあいかねぇ」

「そうだよ、寅三さん。あんたからもきつい仕置きをしておくれよ」

若い衆たちは一斉に、床板に額を擦りつけて低頭した。

「済まねぇ兄ィ、おいらたちはそんなつもりじゃ……」

寅三は、疲れきったため息を漏らした。

「ふぅっ」と長い息を吐いてから、寅三自身、おや、と不思議に思った。

普段の寅三ならこんな時、反射的に手や足が出ている。拳でしたたかにぶん殴り、足蹴のひとつもくれてやっている場面だ。

しかし今は、そんな気力も湧いてこない。

（腹を空かせているせいだ……）

と、力なく思った。

若い衆たちだって、短気で間の抜けた連中ばかりだが、俠客としての仁義ぐらいは身につけているし、教えてある。一家の釜の飯にケチをつけるなんてことは俠客として一番やってはいけないことだ。

（オレがコイツらを殴る気力がなくなっちまったのとおんなじに、コイツらも仁義を守る気力を、つい、なくしちまったんだろう）

それればかりではない。町中では町人による喧嘩の小競り合いが頻発している。寅三も、縄張り内で喧嘩が起これば駆けつけて行って仲裁する。その喧嘩の回数が、最近、目に見えて増えた。

（皆、気が立っていやがるんだ）

飢《う》える、ということはそれほどまでに恐ろしいことだった。

寅三はその場に腰を下ろし、殴る蹴るの代わりに説教を始めた。

「手前《てめ》ぇらももう、ただのヤクザ者じゃねぇ。八巻の旦那の手下《てか》として働かせてもらっている身だ。我が儘《まま》勝手な物言いは許されねぇよ」

「へぇ、もっともだ。面目ねぇ」

若い衆たちが異口同音に詫びた。寅三も困り顔で言った。

「手前ぇらが腹を空かせているってのはわかってる。こっちだって八方手を尽くして米を集めているところだ」

一家に金がないわけではない。表稼業の口入れ屋も繁盛しているし、裏稼業の賭場にも客は入っている。金箱には小判が詰まっているのに、その金で買える米がない。

賭場に来る客も、博打に勝って札を換える時に、「金ではなくて、米に換えてはもらえないだろうか」などと言ってくる。表稼業の口入れ屋でも、仕事を紹介してやった小女が、「住み込みなのに飯を出してもらえない。代わりに銭を渡してくれるが、飯屋はどこも閉まってる」などと相談を寄せてきた。

いったいこのお江戸は、これからどうなってしまうのか――と、寅三が憂鬱《ゆううつ》に思ったその時、

「いってぇ、どうなっちまうんだよ」

若い三下が愚痴をこぼした。

寅三は、自分の弱気を目の前に見せつけられた気がして激しく動揺した。そして自分に喝を入れるつもりで、その三下の頭をポカリと殴りつけた。

「馬鹿野郎ッ！　八巻の旦那を筆頭に、町奉行所の旦那方が駆けずり回って、諸国から米を江戸まで運んでこようと頑張っていなさる最中じゃねぇかッ。オレたちゃ八巻の旦那の手下だぞ！　ちっとぐらい米が食えないからって泣き言を漏らしてどうするッ。オレたちが辛抱できなくて、どうするって言うんだッ」

「へ、へいっ……！」

寅三は、三下の一人をギロリと睨みつけた。

「伸吉《しんきち》ッ、手前ぇの生国《しょうごく》は鴻巣《こうのす》だろう。五十町歩も田圃《たんぼ》を持ってる本百姓の倅だっていうじゃねぇか。手前ぇ、ひとっ走り行って、米をかき集めて来い」

伸吉は面目なさそうに面《おもて》を伏せた。

「そりゃあ無理だよ兄ィ。おいら、札付きの勘当モンだ……。村の境から中に入ったら、庄屋の手代たちに捕まって、代官所に突き出されちまうよ」

いったい村で何をしでかしたのか。

別の若い衆が言った。

「あっしらも、四方八方、手を尽くしていやすが、街道筋や河岸が軒並みやられちまって、公領の米も運べねぇって話だ」

そこへ三右衛門が厳《いか》めしいツラつきで現われた。

「あっ、親分」

若い衆たちがカエルのように這《は》いつくばり、寅三は場所を空けて低頭した。

三右衛門は不機嫌な思案顔で、一同を見回していたが、やがてギロリと目を光らせた。

「馬や荷車は通れなくても、手前ぇらの足ならば通れるだろう」

不整地を走破する能力は人の足が一番だ。例えば馬や荷車は山岳地帯を通れないが、人間なら、重い荷物を背負って峨々《がが》たる山並みを踏破できる。

「さぁ行けッ、行って米俵を担いで戻って来いッ」

「へっ、へいっ」

親分に命じられたら、どんな無茶でも逆らえない。命に代えても果たさなければならない。

若い衆たちが土間に飛び下りようとした時、

「ちょいとお待ち！」

お滝が嗄《しやが》れた声で言った。

「まずは飯を食ってからだよ！」

三右衛門もお滝には遠慮があるらしい。それに、飯ぐらい食わせてやらねば可哀相だとは思っている。無言で頷いて、奥の座敷に戻っていった。

寅三も三右衛門についていく。若い衆たちはホッと安堵《あんど》の吐息を漏らし、続いて粥の入った碗を掴むと、競うようにしてかっこみ始めた。

「ああ旨《うめ》ぇ。お滝婆さんの作ってくれた粥が一番旨ぇ」

お滝に口添えしてもらえなければ空きっ腹を抱えたまま、外に出ることになっていたはずだ。その礼なのか、見え透いたお世辞を口にするお調子者もいたが、お滝は「フン」と鼻を鳴らしただけで黙殺した。

二

卯之吉は今日も、町人姿で吉原の近くをブラブラと流している。

別段、御用を命じられたわけでもない。卯之吉はなんの掛かりにも就いていない無役の同心だ。町奉行所の誰からも、なにも期待をされていない。

江戸の町人や悪人たちからは南町奉行所一の辣腕《らつわん》同心などと勘違いされている卯之吉だったが、さすがに、身近でその生活態度を見ている同心たちには通じない。卯之吉に仕事を任せても、上手くこなせるとは思えない。仕事を与えられても真面目に取り組もうともせず、一日中火鉢の横でうたた寝をしているような男なのだ。

それでも卯之吉は浅草近辺を毎日のように見廻りしている。

「これ以上、吉原が水をかぶってしまったら、大事でございますからねぇ」

そもそも吉原は幕府から目の敵にされている。何かの大災害が起こるたびに、江戸の中心から遠ざけられたり、あるいは吉原そのものを失くしてしまおうという議題が評定所に提出されたりする。

「吉原がなくなっちまったら、あたしの居場所もなくなっちまいますからねぇ」

などと呟《つぶや》きながら、周囲の田圃に溜まった水嵩《みずかさ》などを目分量で計っていたりした。

その時、浅草の方から、仕事師の格好をした一団が、手に手に道具を持ってやってくるのが見えた。

「おや、なんだろうね」

卯之吉は、足を止めて見守った。

一団は衣紋坂《えもんざか》から五十間道を通って吉原の大門を目指して進んでいく。

「ああ、あれは、吉原の囲いを直しに来たお人たちでげす」

銀八が背伸びをして、遠望しながら答えた。

「この大水で四方の囲いの根太《ねだ》が浮いちまった所があるらしいんでげす」

「ふぅん」

「吉原の囲いが破れちまったら、お女郎衆が出入り勝手になるでげす。急いで手を入れようってことになったらしいでげすよ」

珍しく事情通らしいことを口にした。もっとも幇間《ほうかん》ならば、吉原の事情に通じているのが当たり前なのであるが。

「だけどね、銀八。いま吉原はどこの見世も、自分のところの手入れで精一杯だってのに、よく囲いにまで手が回ったもんだねぇ」

「へい、そうなんでげす。……囲いだけに、へい。って……」

銀八は一人で大ウケしたが、卯之吉がまったく笑わなかったので、ばつが悪そうに、顔つきを改めた。

「世の中には奇特なお人がいらっしゃるもんで、囲いを直す代金を持ってくれたうえに、職人まで手配してくれたっていう――」

「そんなお人がいるってのかい」

「さいでげす。そのお人の手配で集められた職人ってのが、あの人たちなんでげしょうなぁ」

卯之吉はなにやら思うところがある様子で、仕事師の一団を見つめた。

「どうしたんでげす？　深刻なお顔なんかしちゃって」

「うん。そのお金持ちは、見栄を張るのはお好きだが、御内証はそれほど豊かじゃないようだね」

「どうして、わかるんでげすか」

「だってさ、あの職人さんたちはみんな、素人も同然のお人たちだよ。道具の担ぎ方すら知らないらしい」

日本家屋というものは、常にどこかしら、手を入れていないといけない構造になっている。特に大きな屋敷ともなれば尚更で、屋根の職人、大工、左官、建具職人などが、順繰りにやってきては働いている。

母屋ばかりか蔵まで何棟もある三国屋には、毎日のように職人たちが出入りしていた。彼らの姿を卯之吉は、物心ついた時から見つめてきた。彼らの身のこなしや足の運びを見ただけで、おおよその技量を見抜くことすらできる。長屋暮らしの貧乏人には絶対に気づかない違和感に卯之吉は気づいたのだ。

しかし、吉原の大門を目の前にして卯之吉の頭の中は遊興のことでいっぱい。未熟な職人たちのことなど、意識の片隅に追いやられてしまった。

「さぁて、あたしらも乗り込むとしようか」

いそいそと吉原に向かって歩きだす。

「ちょっと、待って下せェ」

銀八は卯之吉の袖を摘《つま》んでツンツンと引いた。

「若旦那が吉原に乗り込んだりしたら、美鈴様が頭から湯気を立ててお怒りになるでげす。大水が収まるまでは早めにお屋敷にお戻りになったほうがいいんじゃないですかぇ」

しかし卯之吉は、実の父親と交わした『二度と放蕩《ほうとう》はいたしません』という約定すら、平然と何度も破ってきた男だ。

「あたしはねぇ、お役御免になったとはいえ、前《さき》の吉原面番所同心だよ。吉原に気を配ったって、罰は当たりはしないだろう」

ぬけぬけと言い放って、罪のない顔つきで大門をくぐった。

「……まったく、こういう屁理屈だけは達者なんでげすから」

銀八は卯之吉に聞こえぬように悪態をつくと、その後に従った。

三

大水を被った塀が、いたるところで歪《ゆが》み、倒れかけている。建材は木なのでどれほど頑丈に造ってあっても洪水には弱い。木は水に浮いてしまい、簡単に流されてしまうのだ。

仕事師たちが、一見、神妙な面持ちで痛んだ箇所を見回っている。しかし、その顔つきは堅気の者には見えなかった。顔に大きな刀傷がある者もいるし、頭をツルツルに丸めている者もいた。

江戸は今、数十年に一度の災害で、有能な職工たちは皆、お上の仕事に駆り出されている。吉原なんぞに回されてきたのはあまり質の良くない職人であろうから、四郎兵衛番所を含めて吉原の者たちは皆、疑念を抱くこともなかった。

男たちはまず、自分たちが寝泊まりをする飯場を造り始めた。

総代を頭に戴《いただ》いて、四郎兵衛番所や牛太郎たちによる鉄の結束を誇る吉原の中に、部外者の根城が、それとは気づかれぬうちに造り上げられてしまったのだ。

その飯場に向かって酒の入った角樽《つのだる》を下げた女が進んでいく。どこかの遊女屋からの差し入れだろうと見て取って、吉原の者たちは特に気にも留めずに見送った。女は見咎《みとが》められることもなく、飯場の中に入り込んだ。

飯場の入り口には莚《むしろ》が下ろされている。薄暗い建物の中で仕事師の格好をした男たちが十名ほど、鋭い眼つきを光らせていた。

「良く来てくれたね。これはあたしからの差し入れだよ」

お峰は角樽を、近くにいた坊主頭の男に突き出した。坊主頭は綺麗に剃った頭を下げて、恭《うやうや》しく受け取った。

「ありがとう存じやす、お峰姐《ねえ》さん」

建物の中には一段高く板敷きが造られていた。お峰は一同の真ん中を通って、堂々と板敷きに上がると、その真ん中に腰を下ろした。

「みんなも座っとくれ」

「へい」と声を合わせて返事をして、荒くれ者の男たちが、立場に応じて板敷きや、土間に敷かれた莚の上に座った。

「まずは、名前を聞いておこうか」

お峰が一同を見回しながらそう言うと、一同を代表して、顔に大きな傷のある男が答えた。

「憚《はばか》りながら名乗らせていただきやす。手前は山嵬坊親分の世話になっておりやす、名乗るほどでもねぇつまらねぇ野郎でござんすが、人呼んで、向こう傷ノ角蔵《かくぞう》と申しやす」

その隣にいた坊主頭がニヤリと笑って続いた。

「拙僧の名は鐘浄坊《しょうじょうぼう》。寛永寺の末席の僧侶にござる」

その卑《いや》しげな顔つきから察するに、寛永寺の権威を笠に着て、門前町でやりたい放題をしている破戒僧であろう。

もう一人、総髪の、武芸者なのか軍学者なのか、そういう風貌の痩せた男が頭をチラッと向けてきた。目は細く、頬は痩せこけて、血色の悪い般若《はんにゃ》のような顔つきをしている。

「常州《じょうしゅう》浪人、浜田《はまだ》」

無愛想で陰気な物言い。挨拶もそれきりだった。

代わりに鐘浄坊が気を利かせて言った。

「浜田先生は広小路で居合を見せていらっしゃる御方でさぁ。それはそれは、大層な腕前でございますよ。空中へ投げた懐紙を、目にもとまらぬ早業でズン、バラリンと――」

浜田が不愉快そうに咳払いをした。鐘浄坊は慌てて口をつぐんだ。

浜田なにがしという浪人者は、居合の大道芸をたつきとしているらしい。浪人といえども武士。おのれの剣術を見世物にして金を稼いでいるという事実は、浜田にとっては恥辱《ちじょく》なのであろう。鐘浄坊の宣伝も有難迷惑であったようだ。

下谷広小路の大道芸人は顔役である山嵬坊の世話になっている。その義理もあって、この悪事に駆り出されたものと思われた。

この三人が、山嵬坊が用意した曲者《くせもの》たちの頭目格であった。残りの七名も順次名乗りを上げたが、彼らは見るからに小者然とした三下たちであった。

向こう傷ノ角蔵が一同を代表して言った。

「あっしたちは山嵬坊親分から、お峰姐さんの言いつけに従え、と命じられて参《め》ぇりやした。なにとぞ宜《よろ》しく引き回してやっておくんなさい」

残りの男たちが、浜田を除いて、低頭した。浜田は突然立ち上がると、角樽に手を伸ばし、「飲ませてもらうぞ」と断りを入れて栓を抜いた。

酒と見たら辛抱できない質《たち》なのか、それともあえて横車を押すことで、格の違いを見せつけようという魂胆なのか。お峰は好きにさせることにした。

「お酌をして差し上げられないのが残念ですけどねぇ。手酌で良ければ、お好きなだけ、飲んでおくんなさいな」

浜田は無愛想に黙ったまま、湯呑茶碗で黙々と飲み始めた。お峰も他の者たちも、若干しらけた心地で見守った。

「それで姐さん、拙僧たちは何をすればいいんですね」

鐘浄坊が訊ねてきた。

お峰は答えた。

「今、この吉原には、警動で捕まっちまった、何十人という岡場所女郎が閉じ込められてる」

「へい。それで？」

「お前たちは頃合いを見計らって、その女郎たちを一斉に解き放つのさ」

鐘浄坊と角蔵は顔を見合わせた。

「しかし」と角蔵がお峰に質《ただ》した。

「吉原には四郎兵衛番所の男衆がおりやす。喧嘩慣れした強者《つわもの》揃いだ。それに大門脇にゃあ面番所同心だっておりやすぜ」

鐘浄坊がそれを受けて続けた。

「あっしらだけの手勢じゃあ、四郎兵衛番所には太刀打ちできねぇ」

お峰はニヤリと笑った。

「四郎兵衛番所と面番所同心の目を、余所《よそ》に向けさせる秘策があるのさ」

「拙僧らにもわかるように話してくだせぇ」

「打ち壊しだよ」

お峰は、悪党どもですらゾッとするような目つきで答えた。

「もうすぐこのお江戸で打ち壊しが始まるのさ。この吉原周辺の、浅草や上野の辺りでも、飢えた町人が蜂起するだろうね。そうしたら面番所同心も、四郎兵衛番所も、吉原の外に出て警戒するに違いないよ。そのぶん吉原の内は手薄になるってことさね」

鐘浄坊と角蔵は再び顔を見合わせた。

鐘浄坊のほうが僧侶だけあって舌が滑《なめ》らかに動く。口下手の角蔵に代わって訊ねた。

「その隙に岡場所女郎を助けるって策はわかりやしたが、それがいってぇ、あっしらにとってなんになるんで?」

「岡場所女郎を解き放てば、吉原は、上へ下への大騒動になるだろうさ」

「話がよく見えねぇ」

お峰は得々として続けた。

「岡場所女郎が暴れ出したら吉原の女郎だって黙っちゃいないさ。お前たちは囲いの修築をするふりをして、いつでも囲いを倒せるようにしておくんだ。女郎たちが女の細腕で一押ししただけで倒れるようにね。フフ、四郎兵衛番所も、遊廓の牛太郎も、逃げた遊女を追い回すのでおおわらわさ。その隙にね……」

「その隙に、なんです」

「三国屋の卯之吉を殺してやるのさ」

「三国屋の卯之吉！」

と叫んだのは角蔵だ。

「吉原一の大通だ、豪勢に金を撒《ま》く遊び人だって評判の、あの野郎を殺すんですかい」

「そういうことさ」

「なんだって、たかが遊び人一人を殺すために、こんな手の込んだことをしなくちゃならねぇんで？」

「いいかい、三国屋の卯之吉ってのは――」

今評判の、南町の八巻なんだよ、と言おうとしたのであるが、お峰は思い止まった。そんな突拍子もない話を聞かせても信じてもらえるとは思えない。同心八巻と卯之吉をつぶさに観察した結果、その結論に達したお峰ですら「まさか」と思ったほどなのだ。

（こっちの正気が疑われちまうに違いないね）

そう考えたお峰は、この件については黙っていることにした。それに、である。

（コイツら、八巻を殺すなんて言ったら、途端にブルッちまって役に立たなくなるだろうからね）

何も知らせないまま協力させたほうが得策だ、お峰はそう判断した。

角蔵が顔をしかめながら訊ねてきた。

「姐御。三国屋の放蕩息子が相手なら、殺すよりも、拐《かどわ》かして金を要求した方が面白いんじゃねぇんですかい」

悪党ならば誰しもがそう考える。しかしお峰は首を横に振った。

「簡単に拐かすことのできる相手なら、それでもいいんだろうけどね」

「簡単にゃあいかねぇ相手なんですかい」

「そういうことさ。もしかしたらあの男、江戸でも五指に数えられるほどの剣豪なのかも知れないのさ」

浜田が高笑いをした。

「馬鹿を申すな！　札差の小倅めが、どうして剣の達人であるものか」

浜田は野獣のように光る目で、お峰を睨みつけた。

かなりの酒を飲んだはずなのに一向に酔った気配がない。頬などはかえって青黒く見えるほどだ。

お峰は（おや）と思った。浜田の白目が黄ばんでいる。野獣の目のように見えたのは、白目が黄色に染まっているからだ。

黄色く見えるのは目だけではない。頬にも黄色い染みが広がっている。

蘭学の医術の修業を曲がりなりにも積んだ卯之吉が浜田の顔を見れば、即座に肝臓を病んでいることに気づいたであろう。そしてその原因が酒の飲み過ぎであることも推察できたはずだ。しかし、お峰には医術の知識などはない。気味の悪い浪人だ、と感じただけであった。

「それなら、卯之吉を仕留めるのは、浜田先生にお願いいたしましょうかねぇ」

「ふん、そのようなつまらぬ男、我が剣で斬る値打ちもないわ」

余所を向いた浜田に、鐘浄坊が薄笑いを浮かべながら、言わなくても良いことを言った。

「広小路で懐紙を斬っているよりはマシでしょうに」

途端に浜田の満面が朱に染まった。凄《すさ》まじい殺気のこもった目で鐘浄坊を睨みつけた。

鐘浄坊としては気の利いた物言いをしたつもりであった。浜田の劣等感や自己嫌悪を刺激したとは思っていない。ヘラヘラと笑いながら続けた。

「その意気ですぜ旦那。三国屋の放蕩息子をひと思いに殺《や》っちまっておくんなさい」

自分が悪いことを言ったとはまったく思っていないから、悪びれた様子もなく、笑顔で勧めた。

浜田は、（こんな下衆《げす》など相手にしても仕方がない）と思ったのか、そっぽを向いて、苦々しげに酒を呷《あお》り始めた。

お峰は、念押しに訊ねた。

「やってくださいますね、浜田先生」

浜田は酒臭い息を吐いてから答えた。

「その卯之吉とやらを斬ったら、礼金は弾むのだろうな。それと酒だ。酒もたんまりと飲ませろ」

「もちろん、お気の済むまで、お足も、酒樽も用意させていただきますよ」

浜田は「やる」とも「やらぬ」とも言わなかったが、酔眼に殺気を漲《みなぎ》らせた。

「それじゃあお前さんがた、抜かりなく仕事に励んでおくれな。これは江戸中をひっくり返す大仕事だよ。この世に生まれて後悔はなかった、悪党に生まれて良かったと思わせるような仕事さ」

お峰はそう言い放って、不敵な笑顔を見せた。

四

泥水を跳ねながら、蓑笠《みのかさ》をずぶ濡れにさせた浪人者がウッソリと、八巻家の屋敷の木戸口から入ってきた。

「頼もう」

蓑の下に黒い小袖と羊羹色《ようかんいろ》の袴《はかま》を着けている。灰色の空の下、実に陰気な風采だった。

対応に出てきた美鈴は、少し驚いた顔つきで、円《つぶ》らな瞳を瞬《しばたた》かせた。

「水谷さん。それに、由利之丞《ゆりのじょう》さんも」

六尺近くの大男である剣客浪人、水谷弥五郎の背後から、若衆役（若い二枚目を演じる歌舞伎役者）の由利之丞がピョンと姿を現わした。

「ごめんくだせぇ。若旦那はいらっしゃいますかぇ」

派手な色柄の振袖を着けて蛇の目の番傘を差している。しかもその蛇の目の色は派手やかな江戸紫だ。そこいらの町娘などより遥かに可憐な美貌を綻《ほころ》ばせながら訊ねてきた。

「ええ。奥に……。雨の中ではなんですから、まずはお上がりください」

「へい。こちらからでは恐れ多いや。台所口に回らせてもらいます」

由利之丞は台所へ回ろうとして、水谷弥五郎が逡巡《しゅんじゅん》しているようなので、その手を引いて無理やり屋敷内に引きずり込んだ。

由利之丞は台所に入ると、屋根を支える梁《はり》など見上げて感心しきりの様子であった。

「ここが同心様のお屋敷かぇ……」

由利之丞は先日、卯之吉の身代わりとして同心八巻卯之吉に扮した。江戸で人気の切れ者同心になりきって、町人や遊女たちからチヤホヤとされた時の快感が忘れられないでいる。

「オイラが本物の同心様だったら、こんなお屋敷で暮らすんだねぇ……」

などと、夢でもみているような顔をした。

水谷弥五郎は蓑と笠を脱いでいる。なにやら猛烈に不機嫌そうな顔をしていた。

「八巻だけがいるのであればまだしも、あのような娘がいる屋敷など、訪れたくはなかったわ……」

聞き取れないような小声でブツブツと文句を呟いた。

由利之丞は小桶を持ってきて、汚れた足を綺麗に濯《すす》いだ。水谷も足を洗って上がり框《かまち》から板敷きの間に上がる。美鈴がやってきて、「こちらへ」と二人を案内した。

「やぁ、お二人さん、いつもお揃いでなによりでげすなぁ」

卯之吉の横に張りついていた銀八が素《す》っ頓狂《とんきょう》な声を張り上げた。卯之吉もほんのりと微笑した。

「長雨で暇を持て余していたところですよ。どこにも遊びに行けないですしねぇ。とにかく歓迎いたしますよ」

水谷が渋い顔をした。

「町方の役人は皆、忙しそうに走り回っておったぞ」

大川は決壊しそうだし、橋は流されそうだし、飢えた町人の情勢も不安だ。南北町奉行所は総掛かりでの対処を迫られている。

「そうでしょうねぇ。でも、あたしにはなんのご下命もありませんから」

普通の同心であれば恥辱を感じる場面であろうに、卯之吉はヘラヘラと笑っている。まったく気に病んだ様子もない。楽ができて良かったと言わんばかりの顔つきだ。

「そこに突っ立っていてもなんですから、まずはお座りくださいましよ」

水谷がさらに渋い顔をした。

「ここに座ったら畳が汚れるであろうが」

雨水と泥の跳ね返りで袴《はかま》が汚れている。畳の上に座るわけにはいかない。

しかし卯之吉は平然と答えた。

「畳が汚れたら、張り替えれば良いだけの話ではございませんかえ」

なにを当たり前のことを言っている、という顔つきだ。これには水谷も、由利之丞も、開いた口が塞がらなかった。

「ほんと、若旦那の金遣いには肝が潰れるよ」

由利之丞は困惑顔でそう言った。

美鈴が大きな風呂敷を持ってきて畳の上に広げた。二人はその上に座った。

「それで、本日はどういったご用向きで」

卯之吉が訊ねると、水谷が傲然《ごうぜん》と胸を張った。

「左様、江戸市中が騒々しい有り様なのでな。同心の八巻氏も御用繁多で猫の手も借りたいほどであろうと思っての。日頃世話になっておる我らだ。なんぞ手伝いでもできることはないかと、なんなら住み込みで昼夜を問わずに手を貸しても良いぞ、などと思ってな、推参したのだ」

そう言いながら、なにやら言外の思惑を匂わせるような顔つきをした。

「はぁ、それはありがたいお志でございますが、見ての通りにあたしは暇を託《かこ》っておりましてねぇ。お二方のお力をお借りせねばならないことなどどこにも」

由利之丞が急いで嘴《くちばし》を挟んできた。

「有体《ありてい》に言っちまうとねぇ、オイラ、陰間茶屋が流されちまって、行き場がなくなっちまったんだよォ」

由利之丞が勤める陰間茶屋は深川にある。深川は元々が低湿地帯で、大雨が降ったら町ごと水没するような場所だ。

「芝居小屋の方だって、この雨っ降《ぷ》りじゃあ幕を開けることもできないよ。芝居者はみんなおまんまの食い上げさ。二丁町《にちょうちょう》に行ったって、炊き出しの飯にもありつけないんだよ」

日に千両が落ちると言われるほどの集客力を誇る江戸三座も災害には勝てない。今の状況では芝居見物どころではない。

「なるほど、そいつはお困りですねぇ」

卯之吉が頷き、由利之丞はチラリと水谷にも目を向けた。

「掘割下水を遡《さかのぼ》って水が溢れ出すような有り様でね。弥五さんの長屋もとても住めたものじゃない。オイラたち二人、どこにも行き場がなくなっちまったのさ」

「ははあ、なるほど、それであたしの所へ来たわけですね」

弥五郎は不機嫌そうにそっぽを向いた。

「わしは反対いたしたのだ。こんな屋敷に足を向けるなど……」

卯之吉はちょっと目を見開いて聞き返した。

「なんでですね。あたしはそんなに、水谷先生に嫌われていましたかね」

水谷は顔をしかめた。

「ここには、ほれ、あの娘がおるではないか。女人と一つ屋根の下で暮らすなど、考えただけで身震いがしてくるわ！」

実際に弥五郎の肩は小刻みに震えている。肩にも首にも胸板にも分厚い筋肉のついた巌《いわお》のような巨体が震える様は、なにやら滑稽に見えないこともない。

卯之吉は「ふふふ」と笑って、言った。

「美鈴様は、娘様とは言っても、半分はお侍様のようなものですから」

美鈴を女として見ていない、という物言いだ。銀八はギクリとして、大慌てで視線を台所の方へ走らせた。今の言葉を美鈴に聞かれたら大変なことになってしまう。

由利之丞は弥五郎に訴えた。

「オイラはもう、畳の上まで水に浸かった部屋で寝泊まりするのは御免だよ。弥五さん、若旦那がこう仰《おつしや》ってくれてるんだ。世話になろうよ」

「む、むぅ……」

由利之丞は畳に手を突いた。

「オイラたち二人、一宿一飯の恩義は忘れません。このお屋敷にいる間は、若旦那の手足となって働かせていただきます」

勝手に話を進めると、深々と低頭した。

卯之吉は慌てて遮《さえぎ》った。

「そんなに畏《かしこ》まってもらっては困るよ。まぁ、そういうことならいつまでも、お気の済むまでこの屋敷に住むが良いですよ」

「ほぅら弥五さん、オイラの言った通りだろ。若旦那は太っ腹なお人さ」

「わしとて、八巻氏が断るとは思っておらぬ！　思っておらぬから、近寄りたくはなかったのだ！」

なにやら二人でゴニョゴニョと揉《も》めている。

卯之吉は、（長雨で気が塞いでいましたが、これで賑やかにやっていけそうですねぇ）などと思って微笑した。

視線を流した先の庭では、雨が庭木に降り注いでいる。

「降ったり、止んだり、鬱陶《うっとう》しい長雨でございますねぇ」

卯之吉は呟いた。

五

江戸という都邑《とゆう》では大勢の職人や人足が働いている。木場には毎日のように男たちが集まってきたが、しかし、仕事は完全に停止したままであった。

江戸の職人たちは皆、歩合制で仕事を請け負っている。雨が三日も降れば死活問題に直面させられてしまう。

「畜生め、今日も仕事は無しか」

紺色の半纏《はんてん》を着けた若い職人が忌《い》ま忌《い》ましげに悪態をついた。

彼の名は鶴吉《つるきち》といい、職業は木挽《こびき》師である。原木から柱や板を切りだすのが仕事だ。しかし、この雨では柱の切り分けもできない。

飯場には木挽師たちが大勢集まっていた。木屑を燃やして湯を沸かしている。

「鶴吉、こっちィ来て、白湯《さゆ》でも飲め」

年嵩《としかさ》の木挽師が鶴吉を呼んだ。鶴吉は江戸っ子気質の職人だけに気が荒い。不機嫌を隠そうともしなかった。

「今日は炊き出しもナシかよ。白湯じゃあ腹は膨れねぇぜ」

仕事がなく、賃金がもらえなくとも、粥の一杯も恵んでもらえれば、まだ辛抱はできる。しかしついに、その粥すら出なくなった。飢えと絶望が容赦《ようしゃ》なく木挽師たちに襲いかかる。ただでさえ気が短いのに、ますます短慮に、刹那《せつな》的になっていかざるをえない。

「いいから座りやがれ鶴吉。手前ぇにツっ立っていられたんじゃ目障りだぜ」

鶴吉と同じ年格好の男が叫んだ。

「なにを！」

鶴吉は眉間に皺を寄せて、白い目を剝《む》いた。

「まぁ待て」

年嵩の木挽師は歳を重ねた分だけ人格が丸くなっている。多少の分別もついていた。喧嘩になったら若い衆たちの腕っぷしには敵《かな》わないこともあり、その場の険悪な雰囲気を取り繕おうとした。

「雨さえ止めば仕事もできる。いつまでも続く長雨などあろうはずがないからな、今は辛抱だ」

「したけど、父っつぁん」

鶴吉が唇を尖《とが》らせた。

「この長雨で木場の柱もずいぶんと湿っちまったぜ」

十分に乾燥していない柱は、歪んだりするので大工に嫌われる。

「柱が売れなきゃ話にならねぇ、すぐには金が入ってこないんじゃねぇのかい」

木場が再開されても、金が回ってこないのでは木挽師たちの窮状は救われない。鶴吉の言葉を聞いた仲間たちが、一斉に、深刻な顔つきで年嵩の木挽師を見つめた。

「し、心配《しんぺ》ぇ要らねえ！　この出水でたくさんの長屋が流されたんだ。それに、あっちこっちの屋敷で根太が水を吸って駄目になっちまったはずなんだ。大工さえ働きだせば柱は引く手あまただ。ちょっとぐらい湿気っていたって、売れねぇってこたぁねぇ」

長年この仕事に従事している老人がそう言うのならば、きっとそうなのだろうと若い者たちは納得し、座り直した。

「それにしたって、腹が減ったなぁ」

誰かがポツリと呟いた。

「腹一杯飯が食える日は、いつになったらくるんだよ」

別の木挽師が太い眉毛を情けなさそうに寄せて、ため息をついた。

「オ、オイラ、へそくりを持って米屋に行ったんだよ。そうしたら、米一升が二百三十文もするって言われちまった」

米の値は相場によって上下するが、四十文から六十文も出せば、一升の米が買えるはずだ。

「二百三十文だとッ！　いつもの売り値の四倍はするじゃねぇか！」

「米屋の野郎ッ、こっちの足元を見ていやがるなッ」

米屋だって米がないから苦労して米を取り寄せねばならない。だから米価がつり上がっているわけだが、しかし、そんな理屈は、飢えた者たちには通じない。

「ちっくしょうめ、蔵にはたんまりと米を蓄えているはずだろうに……」

「俺たちが飢えているってのに、米屋どもは、米で銭を儲けることしか考えちゃいねぇんだぜ！」

「大水に託《かこ》つけて、焼け太りってわけかい！　あいつら、人間じゃねぇ！」

飢えと絶望は木挽師たちの脳内に憎しみという魔物を産み、育てていく。彼らの脳内に生まれた悪鬼の如き米屋の幻影は、いつしか憎々しい実像となりつつあった。

「こうなったら米屋の蔵を破るしかねぇぜ！」

鶴吉が握り拳を震わせながら叫んだ。

「そうだ、やるしかねぇ！」

と、仲間たちが立ち上がって賛意を示す。

「ま、待ちやがれッ……」

年嵩の木挽師だけが、一同を宥《なだ》めようとした。

「そんな大それた真似をしちまったら、お前ぇたちはみんな、獄門首だぞ！」

「したって、父っつぁん、このままじゃあ、打ち首になる前ぇに飢え死にじゃねぇか」

鶴吉は目を剝いて、唾を飛ばして続けた。

「父っつぁんのところだって、子や孫がいるじゃねぇかよ！　腹を空かせたままにしておくつもりかよ！」

「そ、それは……」

年嵩の木挽師には生まれたばかりの孫がいた。この米不足で嫁の乳の出が悪くなった。赤ん坊は昼夜を問わずに泣いている。

「わ、わしだって、できることなら、米屋を襲いてぇぐれぇだ……」

年嵩の木挽師は力なく肩を落とした。しかし、目だけを上げて、鶴吉たちを睨みつけた。

「だけど……だけどよ、米屋なんかを襲っちまったら、南北のお役人様たちとやり合うことになるんだぜ。お前ぇたちにはその覚悟が、本当にあるのかよ」

「そ、それは……」

鶴吉たちは互いに目を向けて、顔色を窺《うかが》い合った。

町奉行所の役人は町人たちにとって、恐ろしい権力者であると同時に敬愛すべき旦那方でもあった。

江戸っ子は自分たちのことを、公方様《くぼう》の領民だと自負している。自分たちも徳川家の家来の端《はし》くれだ、ぐらいの気負いは誰でも持っていた。ならばこそ、町奉行所の役人には従わなくてはならない。自分たちが徳川の家来だとしたら、町奉行所の役人は上役に相当するのだ。自分たちが弟分であるとするなら兄貴分だ。逆らうことは人として許されることではない――というのが当時の人間の感覚だった。

一時の怒りに我を忘れて激昂していた鶴吉たちも、少しは頭が冷えたのか、次第に気弱な顔つきになった。

「だけどよぉ、この空きっ腹だけはどうにもならねぇよ……」

と、その時。

「ご一同」

良く通る声を放ちながら、男たちの一団が木場の中に入ってきた。年嵩の木挽師は首を伸ばしながら腰を上げた。

「なんでぇお前ぇさんがたは。勝手に入ってきてもらっちゃあ困るぜ」

　すると先頭に立つ坊主頭の男が、悪党ヅラに似合わぬ笑顔を向けて、挨拶をしてきた。

「拙僧は鐘浄坊と申す。拙僧たちは、とある御方の意を受けて働かせていただいておってな。これは、ほんのお近づきの印じゃ。つまらぬ差し入れじゃが、受け取られよ」

　鐘浄坊の背後には、強面の、どう見てもヤクザ者にしか見えない男たちが従っていたのだが、ヤクザ者たちは手に手に、岡持ちや角樽を下げていた。

　木挽師たちは、どこかの寺院が人を寄越してきたのだろうかと考えた。門前町を仕切る男衆はヤクザにしか見えない者もいるから不自然ではない。

　いずれにしても木挽師たちの目は岡持ちに釘付けとなっている。

　鐘浄坊は木挽師たちの輪の中に割って入ると、その真ん中に岡持ちを置かせた。

「近在の青物すらも手に入りませんでな。魚は……僧籍にある身では触ることも叶わず。こんな物しか用意できなかったのだが、まずは――」

　岡持ちの蓋が開けられる。木挽師たちは「おおーっ」と歓声を上げた。

「握り飯かぇ！」

「今は一番の御馳走だぜ！」

鐘浄坊は目尻を下げて微笑みかけた。

「どうぞどうぞ、存分にお召し上がりいただきたい」

木挽師たちが遠慮なく手を伸ばした。御祝儀をもらい慣れているので、この展開を訝《いぶか》しんだりはしなかった。

「うめぇ！」

「腹が減ったときの握り飯は、どんな料亭の仕出しにも勝るぜ！」

などと口々に言いながら、手指と口元を米粒だらけにして、握り飯を頬張っていく。

腹がくちたところで、今度は角樽が開けられた。木挽師たちは湯呑茶碗や丼を持ち出してきて、酒を酌み交わし始めた。

年嵩の木挽師もだいぶ酒に酔っている。赤い顔で鐘浄坊に訊ねた。

「ところでお坊様は、どちらのお寺さんのお使いですかね」

鶴吉も嘴を突っ込んできた。

「そうよ、それをまだ聞いていなかったぜ。ご本堂の建て直しでもなさるのですかぇ。どんな柱をお探しなんで」

　鐘浄坊は意味ありげに含み笑いをしながら、首を横に振った。

「いえいえ、拙僧どもが立て直そうとしているのは、本堂などではないのじゃ。我らが立て直そうとしているのは、今のこの世の中じゃよ」

「へっ？」

　木挽師たちには想定外、理解の外にある話だ。皆は目を丸くさせた。

「わしの口から話そう」

　鐘浄坊が従えてきた男たちの背後から一人の武士が現われた。松川八郎兵衛である。

　この時の松川は、月代《さかやき》も綺麗に剃り、鬢《びん》にはたっぷりと油を使い、上質で金のかかった着物を（損料屋《そんりようや》からの借り物なのだが）着ていた。いつの時代も日本人は、外見で人の値打ちを判断する。うらぶれた浪人者の姿では誰もまともに話を聞いてはくれない。そこで、いかにも身分のありそうな、大名お抱えの軍学者か何かに見える姿をしてきたのだ。

　松川は鋭い眼差しで木挽師たちを睥睨《へいげい》した。木挽師たちは松川が、たいそうご立派な姿であるので、畏《おそ》れ入って首など竦《すく》めた。

「聞け、者ども。そなたたちが飢えに苦しめられておるのは何故だと思う」

いきなり問われて、木挽師たちは目を白黒させた。

「な、なんですね、藪《やぶ》から棒に……」

鶴吉が呟くと、松川は鶴吉を鋭い眼光で凝視した。

「公方《くぼう》様が無慈悲であるから、そなたらは飢えておるのか」

「ま、まさか！　お侍様、滅多なことは言っちゃぁならねぇ！　このお江戸は公方様のお膝元ですぜ！」

「左様。そなたら町人は、公方様の御威光を慕って、この江戸で住み暮らす者どもである。そなたらに公方様が慈愛の情をもたれぬわけがない」

「そうですぜ」

少しばかりホッとした様子で鶴吉たちは頷いた。既にして、松川の話術に絡み取られていたのだが、もちろん鶴吉たちは気づいてはいない。

「しかし、それならば何故、お前たちは飢えているのか」

「お侍様、何が仰りてぇんで」

「うむ。有体に申そう。お前たちを飢えさせている元凶は、公方様にあらず、公儀にあらず、もちろん町奉行所にもあらず」

「はぁ。それじゃあ、誰が悪いんで」

「左様、暴利を貪る悪徳商人ども、なかんずく米相場を操る札差と、米問屋の者どもが諸悪の根源なのだ！」

木挽師たちが鋭く反応した。

「やっぱりか」

「俺たちが思っていた通りだぜ」

木挽師たちは、自分たちが学のない職人であることを知っている。もちろん、一流の職人になるには人並み以上の知能も必要なのだが、職人の分というものを弁《わきま》えるならば、職人は政《まつりごと》に口を挟むべきではないと思っている。

政治の善し悪しを判断するのは、士分の役目なのだ。

その士分の者が自分たちとまったく同じ意見を持っていた。木挽師たちは得たりや応と頷いて、自然と勇み立ち始めた。

松川は、木挽師たちの顔つきに怒りが広がっていくのを見つめながら、語り続けた。

「困窮《こんきゅう》しているのは、なにもお前たち下々の者ばかりではない。武士もまた、困窮に悩まされておる」

「そりゃあ、本当ですかい」

「本当だ。なぜなら武士も、米の値を下げられれば、金策に窮することになるからな。札差や米問屋どもは、武士から米を買いつける際には米価を下げ、米を売る時には米価を吊り上げておる」

収穫時期に年貢として米を手に入れた武士が、一斉に米を売ろうとするから、当然のように米価が下がるだけの話で、武士の側が工夫をすれば防げる事態なのであるが、武士は商才に疎《うと》いので、みすみす大損をするはめになる。

武士階層は自分たちの失敗の責任を、米相場を操る商人たちのせいだと信じ込んでいた。ある意味で武士とは、とんでもなく無邪気な人たちなのだ。

それはさておいて、台頭してきた商人階層のせいで武士の暮らしが危機に瀕しているのは事実である。江戸っ子たちも下級武士の暮らしの貧しさは理解している。江戸の町人たちの顧客の第一は武家屋敷だ。何かといえば外聞と体面ばかりを取り繕う武家社会があればこそ、贅沢《ぜいたく》な柱だって売れる。吝嗇《けち》な商人たちは案外質素に生活しているから顧客としては二の次だ。

つまり、武家社会の困窮は木挽師のような職人たちにとっても大きな問題なのである。

「米屋どもめ、オイラたち町人だけではなく、お武家様まで苛《いじ》めていやがったのか！」

「業突《ごうつく》張りどもめ、許せねぇ！」

一本気で純朴な木挽師たちは顔を真っ赤にさせて激昂した。

鶴吉は松川に詰め寄った。

「いってぇどうすりゃあいいんですかぇ！　このままにゃあしておけねぇ！」

松川は「うむ」と重々しく頷いた。

「いかにもお主の申す通り、商人どもの天道《てんどう》に悖《もと》る行いを見過ごしにしておくわけにはいかぬ」

すかさず鐘浄坊が嘴を突っ込んできた。

「だからこそ、こちらの先生が、世直しに立ち上がってくださったのだよ。有り難いことだ。生き仏様だ」

手を合わせて拝む真似までした。

松川は眉を据え、唇をへの字に結んで傲然《ごうぜん》と職人たちの視線を受け取めてから、おもむろに頷き返した。

「左様。畏くも公儀のご政道に介在し、私利私欲を満たさんがためにご政道を矯《ゆが》める商人どもに、天誅《てんちゅう》を下すべく参ったのだ！」

いきなり小難しい単語を並べられて、木挽師きたちは目を白黒させた。すかさず鐘浄坊が、彼らにも理解しやすいように言い添えた。

「札差や米問屋どもは売り渋りの米を蔵に蓄えておる。その米蔵の戸を押し開けて、米をみんなに配ってやろう、ということを、こちらのお侍はお考えなのだ」

「それは……」

木挽師たちが息を飲む。年嵩の木挽師が顔を真っ青にさせながら叫んだ。

「つまるところは、打ち壊しじゃねぇですか！」

鐘浄坊はニヤニヤと薄笑いを浮かべた。

「なにを怯《おび》えておられるのかな？」

「なにをって、お坊様……」年嵩の木挽師が顔をしかめて続けた。

「お上の御用を賜っていなさる大店《おおだな》を打ち壊したりしたら、あっしら全員、獄門首にされちまいやすぜ」

「そうはならぬ」と松川は即座に断言した。

「商人どもの悪徳には、武士たちも皆、迷惑しているのだ。かえってそのほうらの行いは、義挙と認められて喝采《かっさい》されようぞ」

（いったいその根拠はなんなんですかい）と訊ねたいところであったが、松川があまりにもきっぱりと言いきったので、（よくわからないけれど、そういうものなのだろう）などと木挽師たちは思い込んでしまった。

要するに、松川の話術に落ちたのだ。

鐘浄坊が木挽師たちの一人一人の目を覗きこんできた。

「いずれにせよ、このまま手を拱《こまね》いていたらそなたらも、家族揃って飢え死にをせねばなるまいよ」

飢饉《ききん》は江戸時代を通じて、何度も襲いかかってきた。たくさんの人々が通りに折り重なって死んでいた、などという昔話を、江戸っ子たちは皆、子供のころに聞かされている。

寺には地獄絵図なるものもあって、餓鬼《がき》道に落ちた者たちの飢え苦しむ様を見せられながら育つ。だからこそ物を大切にしろ、もったいないことはするな、という道徳教育なのだが、江戸っ子たちは皆、飢餓《きが》の恐怖を身近なものとして理解することができてしまうのだ。

（もしかしたら、この長雨が、飢饉の始まりなのかもしれねぇ……）などと、皆が予感していた。はたしてここにいる木挽師たちの何人が、飢饉を生き延びることができるであろうか、などと、互いの顔を見回す者もいた。

尻に火がつきそうになれば、誰だって自暴自棄《じぼうじき》になる。できることなら、当座の米とまとまった金を手に入れて、しばらくは江戸を離れていたい。……そんなふうに考える者もいた。

松川八郎兵衛は熱弁をふるって大義を訴え続け、鐘浄坊は木挽師たちの恐怖心を煽《あお》り続けた。何度も何度も同じことを言い聞かされているうちに木挽師たちは、なにやら、熱に浮かされたかのように高揚しはじめた。

「やるしかねぇ……」

誰かがポツリと呟いた。それはこの場の全員の思いを代弁していた。皆の顔つきに決死の覚悟が浮かび上がった。破れかぶれの糞度胸だ。

「そうだ！　やってやるぜ！　オイラたちとお侍《さむれ》ぇたちを苦しめる商人どもに、テンチュウってやつを下してくれるぜ！」

「旦那ッ、オイラたちの頭になってくれ！」

木挽師の一人が松川八郎兵衛の前に膝をついた。

「オイラたちは旦那の指図でなんだってやるぜ！」

世直しだ、天誅だ、と木挽職人たちは勇み立って連呼した。

松川八郎兵衛は、内心は満足そうに、しかし表面《おもてづら》はあくまでも厳格に、頷いた。

「ようし。ならば、共に立とうぞ！」

木挽師たちが「応！」と叫んで握り拳を振り上げた。

鶴吉は人並み外れて気が早い。目をギラギラと光らせながら松川に詰め寄った。

「どこの商人を血祭りにあげるんですかえ！　あっしらにお指図をお願《ねげ》ぇしやすぜ！」

松川八郎兵衛は、重々しく頷き、たっぷりと間を持たせてから、告げた。

「日本橋の札差、三国屋だ」

「みっ、三国屋……？　そ、そりゃあ、日《ひ》ノ本《もと》一の大店じゃあござんせんか」

普段の鶴吉、そして木挽師たちならば、震えを走らせてしまうところであったが今は違う。震えは震えでも、武者震いのほうだ。

「面白《おもしれ》ぇッ！　やってやるぜ！」

「三国屋なら喧嘩相手にとって不足はねぇや！」

烈火の勢いは止まらない。三国屋という燃料をくべられて、木挽師たちの闘志はますます激しく燃えあがった。

「三国屋をブッ潰せ！」

「業突《ごうつく》張りの三国屋に、目に物を見せてやろうぜ！」

木挽師たちの絶叫が、雨に煙る木場に響きわたった。

第五章　父と娘

一

その日も江戸は雨雲によって上空を厚く覆われていた。

松川八郎兵衛は、下谷広小路にある隠れ家（山嵬坊の料理茶屋）の窓から、雨の降りしきる通りを見つめていた。

先ほど鐘浄坊からの報告があった。鶴吉たちが木挽師の仲間や大工などに声をかけて、打ち壊しの人数を着々と増やしている――とのことだ。山嵬坊の手下の拝み屋たちも、世直し大明神現わるなどと書かれた札を撒《ま》いて歩いているという。

（まさに燎原《りょうげん》の火だな）と松川は思った。町人たちの怒りは発火寸前だったのだ。松川が火をつけただけで、打ち壊しの機運は大規模に燃え広がっていった。

（もはや思い残すことはない。よくぞ男子に生まれたものだ）

本懐ここにあり、といった気分である。

この打ち壊しが成功しようと失敗しようと、首謀者は詮議《せんぎ》にかけられて斬首になる。それが一揆《いっき》や打ち壊しの習わしだった。つまり松川の運命は死あるのみだ。

（だが、わしの義挙によってご政道が改められるのならば、それも良し！）

松川は、満足感だけを噛みしめている。

（しかし）

その時、一瞬、松川の脳裏を暗雲が過《よぎ》った。

「……お咲は、どうなってしまうのだ」

打ち壊しが成功さえすれば、三国屋の金蔵からお咲を身請けするだけの大金を手に入れることができる。

（しかし、失敗してしまったら、お咲はどうなる）

居ても立ってもいられない気分だ。

小半時の後、松川八郎兵衛は、雨に紛れて隠れ家を出た。

（お咲に、一目、会いたい……）

世直しなどを志し、家庭をも省みることもなかった松川であったが、娘が吉原の囲い者になったと聞かされては、さすがに心中穏やかではなかった。

（あれほど、村におれと言いつけてあったのに。愚かな……）

などと内心で悪態をついても始まらない。

江戸の町中が雨に包まれている。市中を流し歩いているはずの役人や、その手下の岡っ引き、下っ引きたちも大水の手当てで大川の岸へ向かったはずだ。

（今が好機）

お尋ね者となり、人相書まで出回っている自分であるが、雨中ならば人目につかずに出歩くことができるはず。そう考えた松川は、笠で顔を隠し、蓑《みの》で体形を隠して、下谷広小路を後にした。

（思えばわしは、あまりにも、家族をないがしろにし過ぎたのかもしれぬ）

冷たい雨に打たれながら、松川は臍《ほぞ》を噛んだ。

浪人の貧しさ、惨めさに絶望し、その境遇から抜け出そうとして学問を志した。この時代の武士の学問は儒学である。理想論だ。学問に傾倒し、のめり込むのと軌を一にして、この世の不条理が許せなくなってきた。

今の政《まつりごと》は先師の教えと照らし合わせるに、あまりにも堕落し、腐敗しきっている。

（公儀に人がおらぬせいだ。役人どもが悪徳商人と結託しておるからだ）

世の乱れのしわ寄せは、弱い者、貧しい者に押しつけられる。松川は武蔵国の小さな宿場町で、手習い師匠の真似事などをして、生計《たつき》を立てていた。近在の農家の子供たちも、読み書きを習いにやってきた。

その地で松川が目にしたものは、貨幣経済の波に呑まれて、どこまでも困窮《こんきゅう》していく農村の荒廃であったのだ。

これを黙過することはできぬ、義を見てせざるは勇なきなり、と勇み立って、まずは公領を支配する勘定奉行所や関東郡代役所に掛け合おうと思い立ち、江戸に出てきたのであったが、そこで受けた仕打ちはあまりにも屈辱的なものであった。

話を聞き入れないのは当然のこと、まぁ、それは、松川も予期していなかったわけではない。だからこそ、一命を賭して、打ち首覚悟で江戸に出てきたのである。

だが、なんと、勘定奉行所や関東郡代役所の役人たちは、松川を乱心者扱いして、捕まえようともせず、門前に放り出したのだ。

江戸時代にも、精神に障害のある者の過《あやま》ちは罪に問わない、という仕来りがあった。

果たして本当に、両役所の者たちが松川を乱心者だと思っていたのかどうかはわからない。面倒な男が掛け合いに来た、と思ったから、乱心者だということにして、関わり合いを避けたのかも知れない。乱心者の世迷い言として処理すれば上役に報告せずとも済むし、公領で実際に起こっている農民の困窮という現実をも、無視することができるからだ。

いずれにしても松川は、忍び難い恥辱《ちじょく》を受けてしまったのである。

その時のことを思い出し、松川は、全身の血が逆流するような怒りを覚えた。顔面が火を噴いたように感じた。

「おのれっ、このままでは済まさぬぞ！」

復仇《ふっきゅう》を胸に誓った松川を、天が嘉《よみ》したわけではあるまいが、江戸は大水害に襲われ、米が払底し始めた。天佑神助《てんゆうしんじょ》、今こそ公儀に目に物見せてくれんと勇み立った松川は、浪人仲間で同様の鬱屈《うっくつ》を抱えていた軍学者の近藤右京を誘い込んで、打ち壊しの煽動《せんどう》を始めたのである。

（江戸で打ち壊しが始まれば、公儀も我が身を省みて、反省せざるを得なくなる

はず）
さらには、お上と癒着《ゆちゃく》し、暴利を貪る悪徳商人どもに天誅《てんちゅう》を加えることができるはずだ。
冷たい雨は容赦《ようしゃ》なく松川の身体を打ったが、松川は意に介することなく傲然《ごうぜん》と胸を張り、拳をきつく握りしめて、大股に歩き続けた。

松川が予想した通り、同心たちは増水の手当てのために大川の岸に向かっていた。しかし、下谷広小路は、岡っ引きや下っ引きとは別の男たちによって厳重に見張られていたのである。

「おいッ、山嵬坊の料理茶屋から、誰か出てきたようだぞ」

荒海一家の寅三が弟分たちに注意を促した。

寅三は四人の弟分を引き連れて、総勢五人で料理茶屋の出入り口を見張っていた。川内美濃守《かわうちみののかみ》の屋敷で起こった化け物騒動以来、執念深く山嵬坊の動向を探っていたのだ。

一家の者たちは皆、笠と蓑とで雨を避けている。

一家の弟分、粂五郎《くめごろう》が答えた。

「腰に刀を差していやすね。あんな侍《さむれ》ぇ、今日は一人も、店の暖簾《のれん》をくぐっちゃいやせんぜ」

　寅三は頷き返した。

「つまり居続けだったってことか。怪しいな。一味の者かも知れねぇ。おいッ、粂五郎、常次《つねじ》、野郎を追うぜ」

「へいっ」と答えて粂五郎と常次が勇み立つ。寅三は念のため、別の二人をその場に残して見張りを続けるように言いつけると、粂五郎と常次を連れて浪人の跡を追った。

　寅三たち三人は足早に距離を詰めていく。泥水が跳ねて音を立てたが気にする必要もない。こちらは南町の八巻様の御用を預かる身だ。足音を忍ばせなければならない理由はない。逃げられないように距離を詰めることの方が先決だ。

　しかし、寛永寺の門前で事を起こすことはできなかった。三人は五間ほどに距離を詰めると、あとはじっくりと追い続けた。

「ようし、いいぜ、町家に出たぞ」

　寛永寺の門前町を過ぎて、町人地に出た。支配が寺社奉行所から町奉行所へと移ったのだ。三人は、この時を待っていた。

寅三の合図で粂五郎と常次が浪人の前に走り出た。

「旦那、ちょっと待っておくんなせぇ」

粂五郎が腰を屈めながら、浪人者に声をかけた。

浪人は一瞬、驚愕《きょうがく》した様子で足を止めた。蓑からブルッと滴が飛び散った。

よほど激しく身震いしたのであろう、と寅三は見て取り、これはいよいよ胡乱《うろん》な野郎だ、と判断した。

浪人――松川八郎兵衛は、気を取り直した様子で、粂五郎を叱りつけた。

「町人、無礼であろう！　そこを退《の》けッ」

この慌てぶりと、わざとらしい怒声がさらに怪しい。心に疚《やま》しいものを抱えた人物にありがちな行動だ。

寅三は十分に警戒しながら、松川の前に出た。粂五郎と常次が代わって退路を塞いだ。

「お急ぎのところを呼び止めちまってもうしわけねぇ。あっしらは、町方のお役人様の御用を預かってる者なんで」

寅三はそう言いながら、浪人者を頭のてっぺんから足の爪先まで凝視した。

松川は笠を目深に伏せて顔を隠した。

「町方の詮索を受ける覚えはないッ」

寅三は、さらに畳みかけた。

「あっしらは、南町の八巻様の御用を預かってる者なんですぜ」

途端に、松川の顔つきが変わった。

「南町の八巻だとッ」

松川は顔面を蒼白にして、目を見開き、全身を激しく震わせている。

これは脈ありだと見て取った寅三は、グイッと半身になって足を踏み出して、決めつけた。

「やい浪人。町方はお侍にゃあ手が出せねえってのが御定法だが、浪人者なら構いはしねぇ。俺たちだって、詮議することぁできるんだぜ」

寅三はさらに続けた。

「ここはもう寛永寺さんの門前じゃねぇ。さぁて、番所で話を聞かせてもらおうか。手前《てめ》ぇが出てきた料理茶屋は、山嵬坊ってぇ悪僧が差配していやがる店だ。手前ぇも山嵬坊の世話になっている身なら、山嵬坊と八巻の旦那の因縁を知らねぇわけじゃあねぇだろう」

寅三の啖呵《たんか》が言い終わるかと思ったその時、いきなり松川が刀を抜いた。

「野郎ッ、抜きやがったッ」

粂五郎と常次が即座に反応して懐の匕首《あいくち》を抜いた。薄暗い雨天の下、ギラギラと禍々《まがまが》しく刃物が光る。

同心八巻のために働いている――という名目の荒海一家であったが、十手を授けられているわけではない。こういう展開になったら匕首で松川の刀と対さなければならない。

八巻の手下になる前の荒海一家は、江戸の闇社会を震撼《しんかん》させた武闘派集団であった。皆、匕首の扱いには慣れている。

松川が腰の据わらぬ斬撃《ざんげき》を振るってきた。覚悟も何もなく、ただ刀を振り下ろしただけのように見えた。粂五郎も常次も、敵対した一家の用心棒と戦った経験がある。気合の入らぬ松川の刀など、何ほどのこともなく打ち払った。

「野郎ッ、舐めやがって！」

刀を打ち払いながら、粂五郎は鋭く踏み込んで、松川の土手っ腹を匕首でえぐろうとした。

「待てッ、殺すんじゃねぇッ」

寅三が慌てて止めた。その声で粂五郎が踏み止まらなかったら、松川は致命傷を負わされていたことだろう。それほどまでに、喧嘩の力量の隔絶した二人であったのだ。

「腕を切りつけろ！　刀を奪え！」

寅三の下知《げち》を受けて、条五郎と常次が左右から松川に襲いかかった。常次が松川の注意と刀を引き付け、その隙を見て条五郎が松川の肩口に斬りかかった。

「うっ！」

斬られた松川が片手で傷口を押さえる。すかさず条五郎は松川の脛に蹴りを入れて松川を地べたに転がした。

松川の手から刀が落ちた。常次が遠くへ蹴り飛ばす。刀は武士の魂ということになっているが、お構いなしだ。

「ようし、いいぜ、押さえつけとけ！」

寅三は腰に下げていた捕り縄を解いて、二度三度、しごいた。条五郎と常次が松川の腕を背中にねじり上げる。松川は胸と腹と顔面とを地面の泥水に押しつけられてもがいた。

その時、条五郎が、ハッと何かに気づいた様子で、早口に告げた。

「寅三兄ィ！　コイツは、打ち壊しを煽《あお》っていた浪人の人相書と、良く似ていやすぜ！」

「なんだと」

寅三は松川の顎を取って、グイッと上を向かせた。

「手前ぇか、江戸中の番所に張り紙されていたお尋ね者は」

松川の顔の半分は泥にまみれている。それでも確かに、記憶に入れてあった人相書と良く一致していた。

「知らぬッ、知らぬッ」

松川は喚《わめ》いたが、粂五郎と常次に関節を決められて身動きできない。もがけばもがくほど泥にまみれていくばかりだ。

寅三は嗜虐《しぎゃく》的に笑った。

「八巻の旦那の大手柄ってわけだぜ。やい浪人ッ。江戸一番と評判の、八巻の旦那のご詮議を受けるんだ。悪人冥利《みょうり》に尽きると思いなよ」

そう言い放ちながら縄を松川の腕にかけようとしたその時、

「ぐわっ！」

常次が突然、悲鳴を上げて真横に倒れた。

「どうした常次ッ」

叫んだ瞬間、寅三の顔に、泥にまみれた石礫《いしつぶて》が当たった。

「うわっ」

寅三は顔をきつくしかめた。

「誰でぃッ」

急いで周囲に目を向ける。そしてギョッとなった。

「な、何者《なにもん》だ、お前《め》ぇたち……！」

道の左右には長屋が連なっている。屋根板の上に石を並べてあるような、きわめて貧しい造りの長屋だ。屋根も、壁も、障子戸も、雨の中ですべてが灰色にくすんでいる。

彩りのない光景の中に、影のように見える者たちが立っていた。痩せこけて血色に乏しい顔つきは死人のようで、二つの目にも生気は感じられない。無表情で突っ立っている姿がなにやら不気味だ。寅三はなにゆえか、墓標に似ている、と感じた。

「なんだ手前ぇら！　いま石を投げてきやがったのはお前たちかッ。こっちはお上の御用を預かっているんだ、邪魔をしやがったら手前ぇらも、牢屋敷にぶちこんでやるぞ！」

怒鳴りつけても、まったく表情に変化はない。生気のない目で寅三を見つめている。さすがの寅三ですら、背筋にゾクッと悪寒を走らせてしまった。

生気のない者たちが次々と裏路地から湧いてきた。若いのもいれば年寄りもいる。若い娘も、老婆もいた。

先頭の男が、やけにノロノロとした動きで腰を屈めると、足元に落ちていた石を拾った。そして、なんの感情もない顔つきで、ポイッと投げつけてきた。

「何しやがるッ。俺たちは南町の八巻の旦那の御用を預かる身だぞ！　荒海一家を知らねぇか！」

南町の八巻の名を出せば江戸中の町人たちが好意の目を向けてくるし、悪党どもは震え上がる。荒海一家の名を出せば泣く子も黙るし悪党たちは畏《おそ》れ入る。

だが、この町人たちは別だった。生気のない顔つきで次々と石を拾って、老いも若きも、男も女も、寅三たちを目掛けて投げつけてきたのだ。

「野郎ッ、やめねぇかッ、……いててて」

寅三は顔を覆った。石礫といえども、こうも大量に、続けざまに投げつけられては始末におえない。

「兄ィッ、どうしやす！」

粂五郎が袖で顔を隠しながら訊《き》いた。

「どうしやすって言われてもよォ、八巻の旦那の御用を預かる俺たちが、町人どもをブッ殺すわけにもいかねぇ」

三人で匕首を突きつけながら切り込めば、どうにでもなる貧乏人たちだが、そんなことをしてしまったら八巻の旦那にまで咎《とが》が及ぶ。

三人は自分の身を庇《かば》うので精一杯で、つい、松川から手を放してしまった。その隙に松川は三人の下から逃れ出て、転げるように走り去った。

「あっ、待ちやがれッ」

寅三は腕を伸ばして追いかけようとした。ところがその目の前に、石礫や泥が、盛んに投げつけられてきた。

「馬鹿野郎ッ、手前ぇら、あいつは悪党だぞッ！　悪党を逃がすのに手を貸しやがったら、手前ぇらも同罪だッ」

と叫んで、寅三はハッと気づいた。

（そうか、こいつらは、あの浪人に煽動された打ち壊しの……）

顔色は土気色になり、目には生気がまったくない。それほどまでに飢えてしまった貧しい者たちが、ついに辛抱しきれなくなって、お上に対する抵抗――打ち壊しを開始したのだ。

「ここは、まずいッ」

寅三は粂五郎と常次に目を向けた。

「ズラかるぜッ！　ついてこいッ」

二人の弟分を引き連れて、寅三はほうほうの体《てい》で逃げ出した。

「畜生ッ、貧乏人ども！　勘弁ならねぇッ」

走りながら粂五郎が悪態をついている。額には大きな瘤《こぶ》ができていた。

「この落とし前はきっちりとつけさせてもらうぜッ」

寅三は怒鳴りつけた。

「堅気の衆に手を出すことは許さねぇぞ！」

「だけどよ、兄ィ……」

「今は、番所に知らせるのが先だぃ」

寅三は、近くの番小屋に駆け込んだ。

「おいッ、大変《てえへん》だ！……って、誰もいやしねぇ」

自身番には常に町役人が詰めているようにと定められている。しかし番小屋はもぬけの殻だ。

常次が首をひねりながら言った。

「打ち壊しが起こったんで、逃げちまったんじゃねぇんですかい」

「なら大番屋だ」

大番屋はいくつかの町を統括するために置かれている。

「大番屋にも人がいなかったら南町のお奉行所だ！　とにかく急を知らせるんだ！　やいッ常次、手前ぇは八丁堀へ走れ。八巻の旦那のお屋敷にご注進だ！」

「へいっ、合点」

常次が韋駄天《いだてん》のように走っていく。

その間にも騒擾《そうじょう》の気配が、山津波のように押し寄せてくる。よほど大勢の者たちが、手に手に武器を持って集まってきたのに違いなかった。

「いってぇ、このお江戸は、どうなっちまうんだ……」

寅三は血の気の引いた顔を震わせた。

二

寅三が知らせるまでもなく、打ち壊しの詳報は南北の町奉行所へ届けられていた。

町奉行所には月番があって、交代で訴えを受け付けるが、この非常時には月番もなにもない。総動員での厳戒態勢に当たっている。与力たちは各所への根回しや打ち合わせで忙しい。奉行は登城して老中と協議をしているし、内与力は南北それぞれの者が集まって、意見と情報を交換し合っていた。

南町奉行所に陣取っているのは同心たちだ。皆、尻端折《しりはしょ》りし、手甲《てっこう》、脚絆《きゃはん》を着けた捕り物出役の格好で待機している。

顔面蒼白の尾上伸平が同心詰所に入ってきた。筆頭同心の村田銕三郎は、凄《すさ》まじく殺気のこもった目で尾上を睨んだ。

「打ち壊しの衆は？」

切りつけるような声音で質《ただ》す。尾上は首を竦《すく》めながら答えた。

「大勢集まって気勢を上げているようです。その数はおよそ、千五百人」

詰所に集まっていた同心たち、町廻を中心にした二十名ほどがどよめいた。

南北町奉行所を合わせても同心は三百人ほどしかいない。捕り方を勤める小者たちや、岡っ引きなどを駆り集めても、千五百人の群衆には太刀打ちできない。

江戸の町衆は、普段はおとなしいし、礼節も弁《わきま》えている。たとえ千五百人であろうとも、同心一人の言いつけに素直に従う。自分たちは徳川将軍家の領民だ、という意識を持っているからだ。

だからこそ、打ち壊しなどを始めると恐ろしい。

町人たちが本気で歯向かってきたときの底力というものを、同心たちは未だ経験していない。果たして自分たちの力で、この少ない人数で、制圧できるものなのか。甚《はなは》だ心許なく感じていたのだ。

村田は尾上に質した。

「もう、商家を襲い始めたのか」

「いいえ、まだ、集まっているだけで……」

「あっちでも、町奉行所の出方を窺《うかが》っているというわけかよ」

同心たちが村田に詰め寄ってきた。

「どうするんです、村田さん」

同心の中でもいちばん役に立ちそうにない玉木弥之助《たまきやのすけ》が、白い頬を震わせながら言った。その頼りなさそうな顔つきを見て、村田はますます怒気を滾《たぎ》らせた。

「どうするんですって言われても、どうしようもあるめぇ！」

「いっそのこと、こっちから打って出たらどうですかね？　数が多いって言ったって相手は町人ですよ。一人二人を血祭りに上げれば、恐れをなして退散するんじゃないですかね」

玉木という男は、極めつけの臆病者のくせに、ときどきこういう乱暴な物言いをする。〝口だけ弁慶〟などと同心仲間から陰口を叩かれているのだが、当然ながら本人は気づいていない。

村田は、できもしないことを言うヤツが何より嫌いだ。しかもこの玉木の主張は道理に叶ってもいない。

「バッカ野郎ッ！」

頭ごなしに怒鳴りつけた。

「町人どもの何人かを血祭りに上げて事を収めたとして、明日っからいってぇ誰が、オイラたち役人の言うことに従うと思ってるんだよ！」

町人たちに憎まれたり、怨《うら》まれたりしたら、今後の御支配に支障が出る。町人たちから尊敬と信頼を受けることができなくなってしまったら、町奉行所の仕事は円滑に進まず、結果、治安が悪くなったり、商家からの運上金が滞ったりしてしまうのだ。

「迂闊《うかつ》に手出しはできねぇ。しかし、このまま手を拱《こまね》いていては舐められるばかりだ」

乱暴に振る舞うこともできないし、甘い顔を見せることもできない。

「こいつぁ、よっぽどきつく、褌《ふんどし》を締めてかからねぇといけねぇぜ」

さりとて、具体的な妙案があるのか、といえば、それはまったくないわけである。だから「褌を締めてかからねぇといけない」などと抽象的な物言いしかできない。

「とにかく、お奉行がお城から戻られるのを待つしかねぇ」

問題を先送りにする弱気な発言だが、村田自身はまったく気づいていない。それほどまでに切迫した状況に、南町奉行所は追い込まれている、ということでもあったのだ。


松川八郎兵衛は、右に左にと、重心を揺らめかせながら、大雨の中を進んでいった。

粂五郎に切りつけられた肩口からは血が流れている。手拭いを巻いて止血をしたが、袖まで血に染まってしまった。

もともと貧乏浪人で慢性的な栄養失調状態にある。飢餓《きが》の状態に置かれていたところへ血を失ってしまったので、たちまちのうちに視界が薄れ、足腰の力も入らなくなってしまった。

雨が冷たく身に染みる。身体中が氷のように冷えてきた。

（なんの、これしき。負けてたまるか）

自分を励まし、真っ青な顔でヨタヨタと吉原を目指した。

こんな有り様で道を歩けば、すぐに番所の者に呼び止められるはずだが、その日ばかりは番所も、怪しい通行人に目を向けている暇はなかった。

松川八郎兵衛は血に塗《まみ》れた袖を蓑で隠すと、五十間道を通って吉原大門に向かった。吉原は江戸の外れの田圃《たんぼ》の中にある。江戸市中で発生しつつある騒動の余波はいまだ伝わっていない。

松川は大門を通って仲ノ町に入った。

（お峰と申す女は、大黒屋にお咲が囚《とら》われていると言っていた）

大黒屋と言われても、それがどこにあるのかがわからない。松川は田舎者だし、仮に江戸者だったとしても、厳格な松川は吉原などには足を向けなかったであろう。

大門の脇には吉原面番所と四郎兵衛番所がある。しかしまさか、そこで訊ねるわけにもいかない。

この大雨だというのに物好きにも、素見《ひやかし》の吉原雀が傘を片手に軽薄な顔つきで歩いていた。松川は呼び止めて、大黒屋の場所を訊ねた。

遊び人は、小馬鹿にしたような薄笑いを浮かべた。

「大黒屋と言ったら、吉原でも指折りの、総籬《そうまがき》の大見世だぜ？　松之位の花魁《おいらん》が行列組んでやってくるってぇ見世だ。一両や二両の金じゃぁ、遊ぶことなんかできねぇよ。だれに聞いたのかは知らねぇが、大黒屋に揚がろうなんて、大それたことを考えなさるのは、およしなせぇ」

松川の人相と風体から、金のない田舎者だと見て取ってそう言った。通を気取る吉原雀は、野暮を見下して説教するのが大好きだ。本物の通人からは半可通と呼ばれて毛嫌いされるのだが、少なくとも本人たちは善意のつもりで説教をする。

「ご浪人さんの身形《みなり》じゃぁ、小見世に揚がるのが精々だ。小見世ってわかるかい？　籬が半分になっていて――」

松川は儒学と軍学を修めた学者である。少なくとも自分自身ではそう自負している。こんな軽佻浮薄《けいちょうふはく》な小人《しょうじん》など、相手にするのも汚らわしい。

「わしは遊女を買いに来たのではない！　大黒屋はどこにある！」

いきなり怒鳴りつけられて、遊び人は鼻白んだ。

「ケッ、それが人にものを訊ねる態度かよ！　知らねぇな」

さっさと尻をまくって、踊るような足取りで離れた。松川に向かってベロを出して嘲笑《ちょうしょう》しながら去っていった。

この吉原は治外法権の町で、武士も町人もない、というのが建前だ。むしろ武士の方が野暮だと馬鹿にされている昨今である。

しかし松川はまさに野暮。吉原の流儀などまったく理解していないので、あまりの無礼な仕打ちに腹を立てるより先に、驚いて言葉を失くしてしまった。

それから「ううむ」と唸《うな》った。

（このような愚劣極まる者どもが集まる場所にお咲が囚われていようとは……）

お咲を村に置き去りにした自分の仕打ちは棚に上げて、松川八郎兵衛は憤然とした。

人に聞かなくとも軒下に看板は下がっている。一つ一つ見ていけば、いずれ大黒屋の場所はわかるだろうと考えて、松川は歩きだした。

それに、大黒屋の場所がわかったところで、お咲を救い出す手だてがあるわけではないのだ。

（お峰という女、お咲を買い戻すには金を積まねばならぬ、と申しておった）

そのためにも豪商の、三国屋を襲撃しなければならない、という話を松川の耳に吹き込んだのだ。

（三国屋か……）

その名を耳にしたことは何度もあった。

武蔵国には公領の他にも旗本の領地が広がっている。旗本たちも財政難に苦しんでいる。借金づけとなって、領地を差し押さえられた者までいた。

（阿漕《あこぎ》な札差が悪いのだ）

公憤《こうふん》を感じやすい質《たち》の松川は、商人許すまじの一念に囚われている。

（三国屋に誅伐《ちゅうばつ》することは、天意に叶う行いであるはずだ）

娘を助けるために大金が必要で、その金を奪うために三国屋を襲撃するとなれば、それはただの押し込み強盗だ。松川の自尊心は天を貫くほどに高い。悪事に手を染めることは、松川の自尊心が許さない。

（違う！　わしは、三国屋に天誅を下すのだ！　金を奪い取るのは、窮民を一人でも多く救わんがためだ！）

松川の脳裏に都合の良い理屈が閃《ひらめ》いた。

（左様、お咲の他にも大勢の女郎が吉原に捕らわれているはず！　その者どもを救うために、三国屋の金を使うのであれば……）

みな平等に不幸な女郎たちを救うのだ。たまたまその中に自分の娘もいた、という話ならば筋が通る。

当時の格言に〝理屈と膏薬《こうやく》はどこにでもつく〟というものがあるが、まさに自分に都合の良い理屈をでっちあげて自己を正当化した松川は、「うむ」と満足そうに頷いて、雨に煙った吉原を、奥へ向かって進んでいった。

三

吉原は幾筋もの通りに分かれていて、それぞれに遊廓が軒を並べている。一つ一つの看板を確かめていては、それこそ本当に日が暮れてしまうだろう。事実、夕闇が迫りつつある。

（あの遊び人め、大黒屋は大見世だと申しておったな）

派手で大きな構えの見世だけを探し歩けば良いのだと気づいて、軒まであるベンガラ格子が嵌《は》まった見世を見て回った。そしてついに、大黒屋の看板を見つけることができた。

（ここにお咲が……）

松川は改めて衝撃を覚えた。

退廃しきった店構えの奥に、退廃しきった遊女が座っている。白首の、口紅ばかりが毒々しい女が、悠然と煙管をふかしていた。籬に張りついた遊び人たちが口々に、卑猥《ひわい》な声をかけている。

（このような場所に、お咲が囚われているというのか！）

遊廓の囲い者となったら二度と娑婆《しゃば》には戻れない。いずれはお咲も籬の奥に座らされ、男どもの卑猥な視線に晒されなければならないのだ。

などと思った瞬間、松川の意識が真っ白になった。無意識に刀の柄を握りしめた。

その時、肩に激痛が走った。匕首で斬りつけられ、手拭いを巻いて塞いだ傷口が、力を込めたことで開いてしまったのだ。

「うっ、うう……」

同時に松川は正気にかえった。

もしもこの怪我がなかったら、松川は怒りに我を忘れて大黒屋を襲撃していたことだろう。そして四郎兵衛番所の男衆に取り押さえられたに違いない。

松川は己の短慮を少しばかり反省した。

(暴挙に及ぶことはないのだ。三国屋の金さえ手に入れば、穏便に、お咲を取り戻すことができる)

お咲はまだ幼い。今日明日にも客を取らされるということはないはずだ。焦《あせ》ることはない、と松川は自分に言い聞かせた。

いずれにしても、余計なことをしてしまったようだ。隠れ家でおとなしくしていれば良かったのに、大黒屋を見たいなどと思い立ってしまったばかりに、八巻の手下に捕まりそうになり、怪我まで負わされた。

(軽挙妄動であった。わしの悪い癖だ)

松川は心なしか顔を伏せて歩き始めた。

その時。

「ち、父上?」

聞き覚えのある声に、松川の肩がピクッと震えた。

雨の中に娘が立っている。片手で番傘を差して、もう一方の手には風呂敷包みを抱えていた。使いに出された帰り道、といった格好だ。

松川八郎兵衛は笠の下で両目を瞬《しばた》かせた。雨に煙った路上に立つその娘を、目を凝らして凝視した。

「お、お咲……！」

「父上！　父上なのですね……？」

松川は、咄嗟《とっさ》に走り出して、急いでお咲に身を寄せた。お咲を抱き寄せるためではない。その口を塞ぐためだ。

探し求めていた娘に会えて嬉しい、と感じるより先に、ここで娘に大きな声を出されたら拙《まず》い、と感じたのだ。

松川は我ながら情けなくなった。

（娘との再会をも素直に喜べぬ、喜びを露《あらわ》にさせることもできぬ、そんな後ろめたい生き様をわしは選んでしまったのか）

しかもそのツケを娘にまで背負わせている。

（お咲は大黒屋に囚われている身。わしと言葉を交わしている姿を、大黒屋の者に見られては拙いことになろう）

松川はお咲を袖で隠すようにして抱きかかえると、近くの物陰に引っ張りこんだ。

「ち、父上……」

父の行動が理解できないお咲は、わずかに暴れて抵抗した。その拍子に風呂敷包みが地面に落ちた。

「あれ……」

手を伸ばして拾おうとするお咲を、松川は乱暴に引っ張った。

「そのような物、放っておけ！」

「で、でも……」

江戸は稲荷信仰が盛んで、どんな町にもお稲荷さんの社《やしろ》が建っている。吉原の町にもそれはある。松川は社の裏に娘を引きこんだ。

「大事ないか、お咲！ 父は、心配しておったのだぞ」

松川は弁が立つ。弁が立つを通り越して、口数が多いと形容した方が良いほどだ。

「なにゆえ父の言いつけに逆らった。村におれと言いつけてあったではないか。宿場の者はなにゆえお前を江戸に出させたのだ、わしとの約定を違《たが》えるつもりか。庄屋はどうした、寺の住職はお前を引き止めなかったのか」などなど、怒濤《どとう》のように捲《まく》し立てた。肩を斬られて血を失っていてもこの有り様だ。元気なときはさらに何倍も口うるさい。

お咲は返事をしようにも、次々と問い質されるので答えることもできない。円《つぶ》らな瞳をクルクルと回しているだけだ。

「まぁよい、済んでしまったことをあれこれ申しても始まらぬ。お咲よ、今は大黒屋に囚われておると聞いた。どのような目にあわされておるのだ。事と次第によってはこの父が、大黒屋の者どもを成敗してくれねばならぬ」

「あ、あの……」

ようやくにお咲は答えた。

「もう、囚われてはおりませぬ」

「なんだと！　まさか、すでに女郎として座敷に出されておるということか！」

「いいえ、お咲は自由の身にございます」

「なんじゃと？　どういうことだ」

「赤坂新町の、寅三さんという御方が口添えしてくださり、たくさんの人たちにも助けられて、牢屋代わりの蔵から出してもらうことができたのです」

「なんと！　して、今は何をいたしておるのだ」

「あい。皆様が、他に行き場のない身を案じてくださって、大黒屋さんで下働きをするように勧めてくださったのです」

「真《まこと》か！」

「父上に嘘は申しませぬ」

澄んだ眼差しで見つめ返され、松川は絶句した。

「ち、父が聞かされていた話とは、違う……」

どこで齟齬《そご》が生じたのか。とはいえ、最初は蔵に囚われていたらしいから、お峰が嘘をついたとは言いきれない。お峰はお咲が蔵を出されたことを知らなかったのだろう、と考えた。

松川のような真っ直ぐな男は、人を疑うことを好まない。

「よし！」

と、少しばかり思案してから、大きく頷いた。

「自由の身ならば問題ない。父と一緒に来るのだ」

お咲も大きく頷いた。父と一緒に帰るのは望むところだ。

「あい。でも、それならば世話になった大黒屋の皆様にご挨拶をしないと。寅三さんたちにも父上を探してくれるように頼んであるのです」

「もっとも道理だ」

松川としても、ホッと安堵《あんど》の気分である。

（これで、押し込み強盗の真似事などをせずともすんだ）

金目当てではなく、純粋な世直しとして三国屋を襲撃できるというものだ。

「しかし、警動で捕まった者は、金で買い戻さなければならぬと聞いたぞ。その金も、寅三と申す者が融通してくれたのか」

「いえ。お金を出してくださったのは、三国屋の若旦那様でございます」

「なにっ、み、三国屋だと！」

「あい。三国屋の若旦那様が救いの手をさしのべてくださらなかったら、お咲は今も囚われの身で、いずれはどこか遠くへ売られていたかもしれません」

「な、なんと……」

松川八郎兵衛の身体が震え始めた。顔面はこれまで以上に蒼白だ。

「いかん……。わしは何ということを……これでは忘恩の徒……」

ブツブツと娘には聞き取れない小声で呟《つぶや》いた。

「父上？」

お咲は小首を傾《かし》げて父親の顔を見上げた。

父親の大きな両手が、娘の小さな肩を摑《つか》んだ。

「よいか、今度こそ、この父の言いつけを守らねばならぬ！　お咲はこの吉原を一歩も出てはならぬ！」

「なぜです」

「江戸で間もなく、打ち壊しという恐ろしい騒動が起こるのだ。打ち壊しとは一揆のようなもの。迂闊《うかつ》に市中を出歩いて、巻き込まれては命に関わる！」

「それならば父上、咲と一緒に逃げてください」

「そうはいかぬ。父は……」

と言いかけてまたしても絶句した。

（父は、打ち壊しを先導する役目を負っているのだ……）

なんということだ！　松川は運命を呪った。

娘を救いたい一心で請け負った三国屋襲撃だったが、娘はその三国屋によって救われていた。

（ここで三国屋襲撃を決行したら、わしの大義は地に堕《お》ちる！）

けっしてあってはならないことだ。

（打ち壊しの者どもを翻意させなければ！）

それができるのは自分だけだ、と思っている。

「良いな、お咲！　けっして、大黒屋を離れてはならぬぞ！　打ち壊しの者どもも、吉原までは足を伸ばすまい」

そう言い残すと松川は、袴《はかま》の裾を翻《ひるがえ》し、泥水を跳ねながら走り去った。背負った蓑から滴を散らしながら、大門のほうへ消えた。

「父上……」

またしても、理由もしかと伝えられないままに置き去りにされてしまった。こういう扱いをされるから、利発なお咲は自分の意思で判断し、行動せざるをえなくなってしまうのだ。

しかし、今度ばかりは吉原でじっとしていた方がよさそうだ、とお咲も思った。

（大黒屋さんの人たちは、みんな親切にしてくれるから）

まさかその大黒屋に、父娘にとってもっとも恐ろしい敵が潜んでいようとは、思ってもいなかったのだ。

お咲は道に戻って、落としてしまった風呂敷包みを拾った。泥水を吸ってグチャグチャに汚れている。なんと言い訳しようか、とお咲は思案した。

その時、

「お咲」

背後から声をかけられた。ドキッとして振り返ると、そこにお峰が立っていた。

「あっ、お峰さん……」

風呂敷包みを手にして、お咲はへどもどした。お峰は雨の中、傘も差さずに立っている。その姿がまるで、狐の化け物のように不気味であった。人間としての感情をすべて欠落させたかのような、冷たい顔つきでお咲を凝視していたのである。

「お前のおとっつぁんは、余計な思案を巡らせちまったようだねぇ……」

どういう意味か、幼いお咲には理解できない。聞き返そうとしたその瞬間、

「きゃっ」

鋭く踏み込んできたお峰の拳がお咲の鳩尾《みぞおち》を打った。お咲は意識を失いながら、霞んだ視界で、お峰の冷笑を見つめていた。

四

松川は決死の形相で走り続けた。しかし、肩に受けた傷のせいだろうか、身体は鉛のように重い。雨に打たれ続ける身体はますます冷えて、四肢が硬くこわば

ってきた。

松川は何度も足をもつれさせ、泥に足をすくわれて転びそうになった。

「なんの、これしき……」

歯を食いしばって進む。

（三国屋を襲わせるわけにはいかぬ……）

娘を助けてもらった恩に報いるためには、打ち壊しから三国屋を救うしかない。

しかし、と松川は考えた。いったい、どうすれば三国屋を救うことができるのか。他ならぬ自分の煽動で、打ち壊しの衆は三国屋を憎み、店を破ってやるのだ、と息巻いている。

（衆怒犯し難し、か……）

打ち壊しに向かって動き始めた者たちを食い止めることは、もはや松川にも不可能なのではあるまいか。

松川が押した小さな岩は、周囲の大岩を巻き込んで巨大な山崩れとなってしまった。松川が呼べど叫べど怒れる群衆の耳には届くまい。

（ならば、町奉行所に訴え出るか）

しかし、町奉行所の手勢で、千にも達しようかという打ち壊しの衆を押しとどめるのは不可能だ。

八代将軍吉宗の時代にも大飢饉があった。江戸では何度も打ち壊しが発生したが、名奉行の大岡越前守でさえ、打ち壊しの衆に手出しをすることはできなかった。怒れる暴徒の自然解散を待つより他に手がなかったのだ。

（ならば、三国屋に事と次第を告げるより他にない）

打ち壊しの衆が殺到してくるより先に、家族や財産を余所《よそ》に移すように進言するしかなさそうだ。

松川は足を急がせた。しかし、足元がなんとも覚束ない。

（日本橋までたどり着ければ良いのだッ。わしの身体よ、耐えてくれッ）

悲壮な面持ちで、浅草寺の裏手を抜けようとした時——

「待ちなッ」

松川の前に一人の女が立ちはだかった。松川はギョッとして足を止めた。

「お前は、お峰」

お峰は雨の中、傘も差さずに立っている。化粧気のない美貌を雨に打たせていた。女狐の本性を露にさせて、酷薄そうな笑みを口元に浮かべている。

「どこへ行こうっていうんだい。まさか、あたしらを裏切るつもりじゃないだろうね」

冷たい眼差しで睨みつけられ、松川は恐怖を感じた。この女には人の血が通っていない。生まれついての悪党だ、と、その時になってようやく看破したのである。が、気後れしている場合ではなかった。

「どこへ行こうとわしの勝手だ。わしは行かねばならぬ。そこを退け」

「行かねばならぬ所ってのは、三国屋かえ」

「な、なにを……！」

いきなり図星をつかれて松川はますます動揺した。お峰は冷たく笑った。

「お咲から聞かされたんだろう、本当の話を」

「貴様ッ」松川は激昂した。

「娘が三国屋に救われたことを知っておったのだなッ？　知ったうえでこのわしに、三国屋を襲わせようとしたのかッ」

「そうさ」

お峰はシレッとして答えた。

「こっちは三国屋に恨み骨髄でねぇ。三国屋を痛めつけるためなら、誰だって利用させてもらうのさ」

「おのれっ！」

松川が刀の柄に手をかけた時、お峰の背後から強面《こわもて》の男二人がヌウッと姿を現わした。顔面の向こう傷も厳《いか》めしい角蔵と、浪人剣客の浜田である。

「お咲ッ」

松川は叫んだ。角蔵は肩の上にお咲を担ぎ上げていた。グッタリと気を失っている。

「おのれっ」

刀の柄を摑んで踏み出そうとした松川の前に、浜田がすかさず立ちふさがった。骨と皮ばかりに痩せた姿で顔色は土気色。まさに幽鬼のような姿であったが、居合抜きの姿勢で腰を沈めた姿には微塵《みじん》の隙もなく、おぞましい殺気を全身から発散させている。

松川は、大言壮語は得意だが、武芸の腕はからきしだ。浪人の子として生まれた彼は、道場に通う金などなかったのだ。

浜田の殺気をまともに食らって、松川は一歩も動けなくなってしまった。

「お、おのれ……」

大声を出して人を呼ぼうかとも考えた。浅草は江戸でも有数の歓楽地である し、周囲には公儀の蔵も建ち並んでいる。

しかし、この大水で浅草界隈《かいわい》の人々は皆、避難をしてしまった。蔵を守る役人たちもいない。それを承知でお峰たちは姿を現わしたのだ。松川は進退に窮してしまった。

お峰は勝ち誇った目つきで、松川を見た。

「娘の命が惜しかったら、手筈《てはず》通りに三国屋を襲わせるんだ。さぁ、打ち壊しの衆があんたの指図を待ってるよ」

「おのれ、どこまでも腸《はらわた》が腐り果てておるッ」

「何言ってるんだい。打ち壊しが義挙だと言ったのはあんたじゃないか。あたしらは打ち壊しを成功させたい一心なのさ。さぁ、世直しをお続けなよ。娘一人の恩義に心を乱して、大義を忘れちゃいけないね」

散々に皮肉られても松川は、拳を握って堪えるしかなかった。

その時、角蔵の肩の上でお咲が呻《うめ》いた。

「お咲ッ」

松川が思わず叫ぶと、お咲は目を見開き、それから、自分の置かれた異常な状況に気づいた。

「えっ、なに？　キャアッ、下ろして！」

お咲が急に暴れ始めたので怪力自慢の角蔵も思わず体勢を崩した。浜田も一瞬、お咲に気を取られる。その隙を見て取った松川は、なまくら刀を抜いて振り回しながら走り出た。

「うおおーっ」

浜田に向かって斬りかかる。

しかし浜田はさすがの剣客、咄嗟《とっさ》に身をよじって松川の突進を避けながら、斬りつけられた刀を易々と打ち払った。鋭い金属音とともに松川の刀が弾かれた。松川は手首を引き千切られるような衝撃を覚えた。浜田の力は、痩せた身体からは想像しがたいほどに強靭《きょうじん》であったのだ。

刀と腕をあらぬ方向に捩《ねじ》られたまま、松川は浜田の前を走り抜けた。そして娘を担いだ角蔵に体当たりをぶちかました。

「うおっ」

角蔵が蹈鞴《たたら》を踏む。肩から転落したお咲が悲鳴を上げた。松川はお咲を背後に庇《かば》って、刀を構え直した。

「お咲ッ、この場は父が防ぐ！　日本橋の三国屋へ走るのだ！　打ち壊しが狙っておるゆえ、早く逃げるようにと伝えるのだ！」

「ち、父上……？」

「なにをグズグズいたしておるッ。ゆけッ」

「は、はいっ」

お咲が走りだす。

「待ちやがれッ」

角蔵が追いかけようとしたところへ、松川が捨て身の覚悟で立ちふさがった。

「しゃら臭ぇッ」

角蔵は懐の匕首を引き抜いた。


「あれ？　弥五さん、あれはなんだろう」

由利之丞が睫《まつ》毛《げ》の長い、黒目がちの両目を瞬かせた。

雨の煙る中を、一人の娘が血相を変えて走ってくる。着物の衿も乱れた無残な姿だ。

娘は息も継がずに走ってきたが、由利之丞と水谷弥五郎に気づいて立ち止まった。その顔つきが尋常ではない。

まるで幽霊でも見たみたいだ、と由利之丞は思った。

「あ、あああああ……」

娘は声を震わせながら後ずさりをした。その目は弥五郎に向けられている。由利之丞はチラリと横目で弥五郎を見上げた。身の丈六尺近くの、うらぶれた身形の浪人者だ。そのうえ右の眉には深い刀傷まである。どう見ても凶悪な不逞《ふてい》浪人。年端《としは》もいかない娘が怯《おび》えるのも無理はない——と思った。

娘は踵《きびす》を返して逃げようとした。

「待ちなさい」

由利之丞は娘を呼び止めた。

「我らはけっして怪しい者ではない。左様……拙者《せっしゃ》は……」

由利之丞は咳払いをした。

「南町奉行所の同心、八巻卯之吉と申す者だ」

咳払いをしたのは、これから嘘をつくという疚《やま》しさを誤魔化すためと、嘘をつく自分に踏ん切りをつけるためである。

案の定、娘は顔つきを変えて足を止め、のみならず全身を投げ出すようにして迫ってきた。

「南町の八巻様！　あなた様が……！」

大黒屋で生活するお咲は、八巻の噂を吉原の者たちから聞かされていた。

「左様。拙者が八巻だ。この振袖の姿は、忍びでの市中見廻りゆえ……まぁ、なんだ、それはさておき娘よ、なにやらただならぬ様子であるが、如何《いかが》いたしたのじゃ」

「はい！　ち、父が、悪者に襲われております！」

「なんじゃと」

由利之丞は弥五郎に目を向けた。弥五郎は「うむ」と頷いて前に出た。日和下《ひより》駄を脱いで裸足になって走り出す。

由利之丞は娘に質した。

「この先じゃな？　あとは我らに任せて、お前はここにいなさい」

言い残すと、弥五郎の後ろを走った。

一町も走らないうちに、剣戟《けんげき》の音が聞こえてきた。

「待てッ、待てーい」

水谷弥五郎が吠える。由利之丞も続けて叫んだ。

「南町奉行所同心、八巻卯之吉であるッ！　者ども、神妙にいたせ！」

南町の八巻の名を出されて、曲者《くせもの》どもがギクリと硬直した。

「南町の八巻だとッ」

弥五郎に負けないくらいの巨漢がこちらに向き直った。それと同時に巨漢の足元に、一人の武士が倒れ込んだ。巨漢の手には血に濡れた匕首が握られている。武士は巨漢に腹をえぐられてしまったものと思われた。

もう一人、幽鬼のような佇《たたず》まいの、痩せた浪人もゆっくりとこちらを向いた。それから一人の女が、チラリと由利之丞を見て、なにやら意味ありげに顔つきを変えた。

由利之丞は（この女、どこかで見たことがある。確か吉原で……）と直感した。しかし今は、女の素性を思い返している暇はなかった。

一方、弥五郎は十分に間合いを取って足を止めた。それから背後の由利之丞に囁《ささや》いた。

「この者ども、手強《てごわ》そうだぞ」

関八州の賭場を用心棒として渡り歩いて、人斬り剣客の悪名を馳せた水谷弥五郎だ。斬り合いの場数を踏んでいる。相手の凶悪な力量をすぐに看破することができた。

「ど、どうしよう、弥五さん……」

調子に乗って名乗りを上げたが、南町の八巻の名を出しても、畏《おそ》れ入るような相手ではなかったようだ。由利之丞は途端に怖じ気づいてしまった。

少しばかりの骨法術を身につけているとはいえ、それは質の悪い酔客から身を守るための技だ。悪事を生業《なりわい》としている悪党と、正面きって戦うだけの力はない。

「下がっておれ。わしが倒してやる」

水谷弥五郎は腰の刀を抜いた。刀身が二尺七寸（約八十二センチ）もあり身幅も厚い剛刀だ。体格に恵まれ、かつ、腕の筋力を鍛え上げた者にしか扱えぬ代物《しろもの》であった。

とんでもないダンビラを見せつけられて、顔に傷のある大男がタジタジと後退した。

代わりに、幽鬼のように痩せた浪人が前に出てきた。

「わしに任せろ」

低く腰を落として刀の柄に右手を添える。弥五郎が「ムッ」と唸《うな》った。

「居合か」

水谷弥五郎も刀の切っ先に気合を籠めてジリジリと前に踏み出した。剣客二人の間合いが詰まっていく。

居合の剣士との戦いは一瞬にして決まる。互いを一足一刀の距離――斬りかかれば刀身が届く距離――に置いて、気力と気力で攻め合うのだ。気後れをしたほうが負ける。一刀の元に斬り倒されることとなる。

居合の剣士と道場で稽古するのは難しい。居合の剣士を苦手としている剣客は多かった。しかし、弥五郎はこの状況を不利だとはまったく思っていない。

（今日は居合にとって日が悪い）

雨は容赦なく二人の顔を打ちつけている。雨粒が目に入っただけで集中力を削がれてしまう。そのうえ足元はぬかるみだ。斬りつけようと踏み出した足の裏が滑《すべ》ったりしたら取りかえしがつかない。

（居合は一刀の勝負。しかし我が剣は乱戦の中でこそ、その力を発揮する！）

水谷弥五郎の剣は我流に近い。ヤクザ同士の喧嘩の中で磨かれた、粘着質な剣術だ。悪天候の中でこそ、その威力を遺憾なく発揮する。

弥五郎は巨体を活かして、グイグイと圧した。しかし、それでも相手はまったく動かない。

（おのれ、なかなかやりおる……）

顔に傷のある大男の足元には、武士が転がっている。先ほどの娘の父親であろう。匕首で腹をえぐられて瀕死の状態であるようだ。急いで決着をつけないと、娘の父親は手遅れになってしまう。

それに由利之丞のこともある。膠着《こうちゃく》状態になっている間に、顔に傷のある大男が由利之丞に襲いかかったりしたら大事だ。

次第に弥五郎は焦燥《しょうそう》を感じ始めた。焦りが構えに出たのか、切っ先が小刻みに震える。

幽鬼のような浪人は、表情をまったく変えずに身構えている。居合腰に腰を落としているだけでも相当に体力を消耗するはずだ。鍛え方の足りない者には耐えられない。

しかし、浪人は微動だにしない。水谷弥五郎が動くのを待っている。剣は、十全に構えている時には隙がない。相手を斬ろうとした瞬間に隙が発生する。その瞬間を捉《とら》え、間髪を入れずに斬りかかるのが居合術だ。水谷弥五郎は次第に追い詰められてきた。

(ここ何年かで邂逅《かいこう》した中では、一番の強敵!)

雨はさらに激しく降り注いでくる。水谷弥五郎の目の中にも容赦なく流れ込んできた。

「ムッ」

雨水が目に染みた。水谷弥五郎は思わず瞼を瞬かせた。その瞬間、怪鳥《けちょう》の鳴くような奇声と共に、浪人が抜刀した。

瞬時に水谷も反応する。大刀をズドンと振り下ろした。刀と刀が激突し、黄色い火花が飛び散った。

水谷弥五郎と浪人者は、パッと後退して距離を取った。

(恐るべき使い手!)

水谷弥五郎は顔をしかめた。

浪人の刀が水谷の脇に届いていた。肋《あばら》を折られた気配があった。

しかし、致命傷ではない。

(この雨のお陰で、肉まで断たれずには済んだ……)

ぬかるみに足をとられて居合抜きの踏み込みが足りなかったのだ。しかも水谷の着物はたっぷりと水を吸って重くなっていた。綿の生地は濡れると硬くなる。

（この雨がなかったら、わしの脇腹はこ奴に斬られていたかもしれぬ）

痩せた浪人は刀を鞘《さや》に戻し、再度居合腰に戻って構えている。表情は陰気なま、気負いも感じられない。顔色は相変わらずの土気色だ。

よほど人を殺し慣れた者に相違あるまい、と水谷は見て取った。

相討ちを覚悟で踏み込むより他になさそうだ。水谷は切っ先を相手の右目につけた。そしてまた、ジリジリと間合いを詰めにかかった。

顔に傷のある大男も、由利之丞も、固唾《かたず》を飲んで二人の剣客の果たし合いを見守っている。由利之丞はともかく、大男の方は水谷を牽制《けんせい》して仲間を援護しても良いはずなのだが、完全に気を飲まれてしまっている。身動き一つできずにいた。

水谷と浪人との距離が狭まるにつれて、緊迫感も大きく膨れ上がっていく。一触即発の状況で水谷と浪人は相手の隙を探りつつ、気合で圧し合い、攻め合った。

由利之丞はブルブルと身震いした。何かしなくちゃ、せめて石でもぶつけてやろうか、と思っているのだが、手足が痺《しび》れて動けない。

（弥五さん……！）

八相に構えた水谷の刀が、わずかに揺らめいている。水谷が脇腹を打たれたことには、由利之丞も気づいている。このままでは危ない——と思ったその時、

「やいやいっ！　待て待てッ！」

大声を張り上げながら、法被《はっぴ》姿の男衆が数人、走ってきた。

「いけねぇ！　四郎兵衛番所の連中だ！　浜田さんッ、ズラかるぜッ」

顔に傷のある大男がいきなり身を翻した。脇道を目指して走り出す。驚くような逃げ足だ。

浪人剣客も水谷を目で牽制しながら距離を取ると、急いでその場から走り去った。

お峰も、いつのまにか姿を消している。

入れ違いに、雨の滴を弾きながら四郎兵衛番所の男衆がやってきた。

「なんだ、お前ぇたちは——って、ああッ、これは、八巻の旦那！」

由利之丞の顔を認めた男たちがペコペコと頭を下げた。

「それに、水谷の旦那も。先だっては吉原を救っていただきやして……」

「そんな挨拶は後だ」

水谷はいまだ殺気も収まらぬ顔つきのまま、刀を納めた。

由利之丞は、ホッと安堵するやら、更めて恐怖を実感するやらで、生気の抜けたようになりながらも、男衆に訊ねた。

「お前たち、どうしてここへ？」

「へい。あっしは大門を預かる留太郎《とめたろう》ってモンで。こいつらはあっしの組下です。ついさっき、ほっかむりをした大男が、大黒屋で下働きをしているお咲って娘っ子を担いで大門をくぐって行ったもんで……。大男が言うには、急病だから医者の所へ連れて行くって話だったんですがね。お咲は鑑札を持ってる下働きですから、いったんは黙って通したんですが、大男め、顔を隠していやがってなにやら様子がおかしい。お咲を大黒屋に世話をしたのは、三国屋の若旦那でやすから、手抜かりがあっちゃあいけねぇってんで、皆で追って参った次第なんでさぁ」

「そうかい……助かった……。いや、ご苦労だったたな。お前《め》ぇたちの目利きどおりさ。このオイラが通りかからなかったら、お咲は拐《かどわ》かされていたことだろうぜ」

由利之丞は得意の芝居で同心らしい威儀を取り繕った。乱れた襟元をキュッと引き締めて、檜舞台に立つ看板役者のように見得を切った。

水谷弥五郎は倒れていた侍を抱き起こした。

「しっかりしろ」

留太郎も武士の顔を覗きこむ。

「あっ、このお人も、ついさっき、大門をくぐった侍に違《ちげ》ぇねぇ」

さすがの眼力だ。由利之丞は答えた。

「お咲って娘の父親らしいぜ。おいッ、気を確かにしろぃ」

由利之丞が声をかけると、松川八郎兵衛はうっすらと目を開けた。荒海一家の粂五郎には肩を斬られ、向こう傷の角蔵には腹をえぐられた。血の気の引いた真っ白な唇を震わせている。

「……三国屋に、急を知らせて……打ち壊しが……」

留太郎が叫んだ。

「しっかりしろ！　ここにいらっしゃるのは南町の八巻様だぞ！」

「南町の、八巻……」

松川は由利之丞を見て、打ち壊しの衆が三国屋を襲撃すべく集結している事実を伝えた。言い終わると、ガックリと首を落とした。

「死んじまったのか！」

由利之丞が目を丸くする。留太郎は松川の口元に顔を近づけて、息を確かめた。

「気を失っただけですぜ」

「そうか、良かった」

「しかし、この傷は深《ふけ》ぇや。すぐに医者坊のところへ連れて行かねぇと」

「刀傷なら、蘭方医のほうが良さそうだけど……」と呟いてから、由利之丞は微妙な顔つきをした。

「蘭方の名医にお心当たりがあるんですかぇ。どちらへでも、あっしらが運びやすぜ」

「うーん。それじゃあ、八丁堀の、オイラの屋敷に運んでもらおうか」

「八丁堀？」

「ああ。こういう傷を喜んで弄《いじ》くりまわす医者を一人、知ってるんだ。腕は確かだよ」

「そういうことなら。オイッ、近くで大八車を借りてこいッ」

組下に命じる。

由利之丞は水谷弥五郎に目を向けた。

「弥五さ——弥五郎、お前ぇは三国屋で用心棒をしていたことがあったっけな。急を三国屋に伝えてくれ」

「うむ」と答えて弥五郎が立ち上がった。

「あっ、怪我は大丈夫かい」

「これぐらい、なんということもない」

弥五郎は雨の中を走って消えた。代わりに、お咲が雨の中から現われた。

「お、おとっつぁん！」

留太郎が抱きかかえた松川に駆け寄る。

「心配《しんぺ》ぇいらねぇ。すぐに医者のところに連れていってやる」

由利之丞はお咲に優しく言い聞かせた。

第六章　打ち壊し

一

　卯之吉は、屋敷に担ぎ込まれた松川を見て、「ああ、これは」と、気の抜けたような声を漏らした。

「台所に転がしておいてください」

　乱暴な言い方をすると、いそいそと奥座敷へ戻っていく。まさにいそいそと形容するのがぴったりの、顔つきと足取りであった。

　四郎兵衛番所の男衆たちが不思議そうな顔をした。

「どうして旦那のお屋敷に、三国屋の若旦那がいらっしゃるんで？」

　幸い、卯之吉は町人の格好で屋敷にいた。おおかたどこかへ遊びに出ようと目論んでいたところであったのだろうが、黒巻羽織姿ではなかったので助かった。

由利之丞は、上手く誤魔化す嘘を思いつくことができなかったので、脅かして追い払うことにした。

「これから蘭方医の腹切りが始まるよ。そうだな、お前たちには、あの怪我人の手足を押さえていてもらおうか」

「えっ」

蘭学の腹切り、すなわち外科手術の恐ろしさはつとに有名だ。強面《こわもて》の男たちが顔色を変えて尻込みをした。

留太郎が頭をツルリと撫《な》でながら低頭する。

「それぱっかりは堪忍だ。あっしらは御免蒙《こうむ》りてぇんですが……」

「それなら、とっととお帰り。ご苦労だったね。打ち壊しに巻き込まれないように気をつけるがいいよ」

「へい」

由利之丞は、お咲にも目を向けた。

「お前も吉原に戻ったほうがいいぜ。おとっつぁんが心配なのはわかるが、四郎兵衛番所に匿《かくま》ってもらうのが、今はいちばん安心だ」

また悪党が襲ってきたら困るし、それになにより父親の手術の様など見せられたものではないと判断したのだ。こういう神経の細やかさは、卯之吉本人よりもずっと切れ者で、人情派の同心のように見える。

お咲の代わりに留太郎が頷いた。

「どういう事情かは知りやせんが、お咲坊の父親《てておや》が、打ち壊しの裏を知っていなさるようだ。あっしらが命に代えても、お咲坊の身を護りやすぜ」

「頼んだよ。吉原にも打ち壊しが及ばねぇとも限らねぇ。十分に注意しなよ」

「へい。吉原の総代にも伝えまさぁ。御免なすって」

留太郎はお咲の手を引くと、男衆に車を引かせて帰って行った。

卯之吉が医療器具を両手に抱えて戻ってきた。

「おや、四郎兵衛番所の皆さんは？」

「若旦那の正体がバレちまうといけないから、帰したよ」

「そりゃあ困った。このお人の手足を押さえてもらおうと思ったのに」

「それはわたしがやります」

美鈴が襷《たすき》掛けをして前に出てきた。

「おや、美鈴様が」

「わたしも剣士です。刀傷を負った者の手当てについては、学ばなければならないと常々思っていました。望むところです」

「なるほど。美鈴様なら柔術の押さえ込みもおできになるでしょう。そうそう、由利之丞さんも骨法術の達者なのでしたっけね。関節を固めて身動きできないようにしておいてください」

美鈴が険しい目つきで由利之丞を睨みつけた。武芸の達者と聞いて反射的に敵《てき》愾心《がいしん》を湧かせたらしい。由利之丞は慌てて手を振った。

「オイラの骨法術なんて、ほんの真似事だよ。あっ、それよりも若旦那。大変なんだ。聞いておくれよ」

「なんだえ？　施術の準備で忙しいから、手短に頼むよ」

「へい。このお人が今際《いまわ》の際に……って、まだ死んじゃいないから、今際の際じゃないな。気を失う前に言ったんだ。打ち壊しの連中が三国屋さんを狙ってるって」

しかし卯之吉はなんの反応も示さない。南蛮《なんばん》渡りの手術道具を嬉々《きき》として並べている。

「若旦那、ねぇ、聞いてるのかい？　打ち壊しの連中が三国屋さんに殴り込みをかけて、金蔵を破ろうとしているんだよ？」

「うん。聞いてるよ。でも、それなら心配はいらないねぇ」

「どうしてさ？　弥五さんも三国屋さんに向かったけど、十人やそこいらの用心棒じゃ、何百人、何千人の打ち壊しには敵《かな》わないよ」

卯之吉は細い刃物を取り上げて目の前に翳《かざ》した。錆《さび》がないのを確かめてから、アルコールで満たした真鍮《しんちゅう》の盆の中に漬けた。

「金蔵を破りたいのなら、破らせておけばいいのさ。どうせ、お金は一銭も残っちゃいないんだからね」

「えっ」由利之丞は絶句した。

「も、もしかして、若旦那……。三国屋さんの身代をぜーんぶ、蕩尽《とうじん》しつくしちまったのかい？」

卯之吉は薄笑いを浮かべて答えず、代わりに小刀を構えた。

「さぁ始めるよ。銀八、燭台を近づけておくれ」

銀八が真っ青な顔を背けながら、蠟燭《ろうそく》の炎を松川の脇腹にできた匕首《あいくち》の傷口に近づけさせた。

卯之吉はためつすがめつ眺めていたが、いきなり小刀で、脇腹の傷をさらに大きく切り開いた。

「臓腑の傷の深さを確かめないことには、手の打ちようもないからねぇ」

噴き出した血が、卯之吉の白皙《はくせき》の頬で弾ける。松川がうめき声を上げて暴れ始めた。

「ほら、押さえて！」

美鈴と由利之丞は慌てて松川の身体に飛びついた。


「さぁ終わった。どちらの傷も急所を外れていて良かったよ。傷口から毒が入ったりしなければ、無事に回復しなさるだろう」

由利之丞もホッと安堵《あんど》した。

「こっちは全身血まみれだよ」

歌舞伎の若衆らしい、派手な装束が血潮で台無しになってしまった。

「ねぇ、若旦那、新しい着物を買っておくれよ」

「いいですよ」

卯之吉は軽く頷いた。由利之丞はしめしめとほくそ笑んだ。若旦那の御用達となっている店は、京や大坂からの下り物を扱っている呉服屋だ。千両役者でしかあつらうことのできないような極上物を手に入れることができるだろう。ただし、三国屋の金蔵が空になっていなければの話だが。

「それにしても」と、美鈴が思案顔で言った。

「この人は、どうして、吉原の帰りを襲われたのでしょうか」

卯之吉は手術道具を片づけながら、気のない様子で答えた。

「さあてねぇ？　娘さんに会いに行った帰りでしょうかねぇ。しかしまぁ、あのお咲ちゃんも、父親が見つかって良かった、良かった」

卯之吉のあまりに浮世離れした物言いに、由利之丞の方が焦燥《しょうそう》感を募らせた。

「ねぇ、若旦那、やっぱり三国屋さんのところに行った方がいいよ。それから、ことの次第をお奉行様にもお伝えしといたほうがいいんじゃないかな？」

「そうするかねぇ……。それじゃあ由利之丞さん、あんた済まないけど、あたしの使いってことで、南町奉行所まで走ってもらえるかい」

由利之丞は身震いをして首を横に振った。

「返り血を浴びた姿で町奉行所なんかに駆け込んだら、オイラの方が詮議《せんぎ》を受けることになっちまうよ！」

卯之吉は、由利之丞に着替えを貸して、南町奉行所へ向かわせた。内与力の沢田彦太郎は由利之丞の顔を知っているから、沢田を通せば、すぐに話が奉行にまで伝わるだろうと考えた。

そして自分は美鈴と銀八を連れて、三国屋へ急いだ。

とはいえ卯之吉の足は遅い。町奉行所の役人は皆、十町は息も切らさずに走る健脚揃いだが、卯之吉だけはナメクジのように足が遅い。なにしろ生まれてこの方、息を切らせたこともなければ、息んで力仕事をしたこともない。

ハァハァ、ゼイゼイと息をあえがせ、ヨタヨタと歩を進めているが、後ろを行く美鈴は汗もかかずに、早足の行歩を平然と進めているような有り様だ。

突然、美鈴が卯之吉の前に出た。両腕を広げて卯之吉を庇《かば》いつつ、急いで町家の陰の、細い路地に押し込んだ。銀八も続いて二人の後ろに隠れた。

通りの向こうから、手に手に棹《さお》や掛矢《かけや》や鳶口《とびくち》などを持った群衆が出現した。口々にお上を罵《ののし》りながら歩いていく。その列はいつまでも途切れることがない。

卯之吉は路地から顔を出して、目を丸くして見守った。

「とんでもない人出ですねぇ。まるで浅草の三社祭のようですよ」

銀八がひょっとこみたいに唇を尖《とが》らせた。

「なにを呑気《のんき》なことを言っていなさるんでげすか。あいつらは三国屋に向かってるんでげすよ」

美鈴も深刻な顔つきだ。

「どうします、旦那様。町奉行所の者を探しますか」

「打ち壊しの衆は大人数だ。お役人様方と力を合わせたところで、どうなるものでもないでしょう」

銀八が震えながら言った。

「わ、若旦那は、江戸の町人衆に大人気の同心様でげす。他のお役人様方の言うことにゃあ従わねぇ打ち壊しの衆も、若旦那の言いつけには従うかもわからねぇでげすよ」

「従わなかったらどうなるんだえ？　あたしみたいな者が打ち壊しの前に立ちはだかったら、一発でペシャンコに踏みつぶされてしまうだろうよ」

そう言ってから、暫《しば》し考え込み、やおら腰を伸ばして道に出た。

「とは言うものの、お祖父様を見捨てるわけにはいかないねぇ。仕方がない。三国屋へ行くとしましょうかね」

「打ち壊しの者どもに襲われる前に、金蔵を開いてはどうでしょう」

美鈴が言った。

「金を恵まれれば、飢《う》えた町人たちも、三国屋の店構えを破壊したりはしないのではないでしょうか」

卯之吉は困り顔をした。

「そうしたいのは山々なんですけどねぇ……、今、うちの蔵にはお足が一銭もないんですよ」

「それは、どうして」

「公領のお米を江戸に回送するためにですね、街道や河岸を直さなくちゃいけないってんで、御用金として差し出してしまったのですよ」

美鈴は驚愕《きょうがく》し、目と口を大きく開いた。整った美貌が一瞬、滑稽な顔つきになった。それほどまでに驚かされてしまったのだ。

「身代を、残らず差し出したのですか」

「あい。あたしら札差は、公領のお米が江戸に運ばれてこないことには商売になりませんからねぇ」

美鈴は賛嘆しきりの様子で、ため息をついた。

「世間の風説というものが、いかに当てにならないものかを今日ほど身に染みて感じたことはございません」

「なんのお話ですね」

「三国屋殿は、世間では、業突《ごうつく》張りの守銭奴《しゆせんど》であると悪《あ》し様に罵《ののし》られております。ですが、さすがは旦那様のお祖父様！　その度量は天よりも高く、海よりも深い！　まさに、江戸一番の大商人に相応《ふさわ》しい大人物！」

美鈴は感激しやすい性格で、しかもいったん惚れ込むと歯止めが利かない。卯之吉にも惚れ込んでしまったが、その実家にも惚れ込んでしまったようだ。

「いや、そんなにお褒めいただけるほどの人物かどうかはわかりませんがね。ま、とにかく三国屋に行ってみましょう。打ち壊しの衆があたしの説得を聞き入れてくれるなら、それがなによりですから」

頼りない口調と顔つき、そして足取りで、卯之吉は日本橋の室町にある三国屋を目指した。

二

「旦那様、危ない」

美鈴が卯之吉の袖を引いて天水桶の陰に引っ張り込んだ。

大勢の者たちが、男も、女も、血相を変えてやってくる。

「どうでも米を手に入れねぇでは済まされねぇ」と眦《まなじり》を決して凄《すご》む男もいれば、「子供らの分だけでも、米を手に入れてくるんだよ！」と女房に喝を入れられる亭主の姿もあった。

物陰にひそんだ卯之吉は見つからずに済んだ。

美鈴は困りきった表情で卯之吉を見た。この時の卯之吉は、黒巻羽織の同心姿だ。頭に血が昇って見境がつかなくなった暴徒の前に姿を現わしたら、何をされるかわかったものではない。

「三国屋には行かないほうが良いのでは……」

三国屋に奪われる金や物がないのだとしたら、卯之吉が駆けつけるのも無駄な話だ。

「水谷殿が報《しら》せたはずです。徳右衛門殿をはじめ、店の者も避難しているでしょう」

卯之吉は首を横に振った。

「たとえ蔵が空っぽでも、わたしの祖父は大事な店を捨てて逃げ出すような人ではございませんよ」

「はぁ」

「とにかく、行けるだけ行ってみましょう」

周囲の様子を探りながら表通りに踏み出した。そこで卯之吉たちは、同じようにして恐々と、物陰から出てきた同心たちと鉢合わせをした。

「村田様ではございませんかぇ」

村田は目を剝《む》いてこちらを見た。卯之吉だと気づくと、安堵のため息を吐きそうになり、慌てて厳《いか》めしい表情を取り繕った。

「ハチマキじゃねぇか。神妙に手前《てめ》ぇも出役してきたのかい」

「はい。村田様も、お役目ご苦労さまに存じます」

商人のように丁寧《ていねい》に腰を折って会釈する卯之吉を、村田と、取り巻きの同心の玉木と、岡っ引きたち数名が苦々しげに見つめた。

卯之吉は村田に目を向けた。

「打ち壊しの衆が向かっている先は、日本橋室町の三国屋でございますよ」

「知ってる。沢田様から使いがあった」

「それじゃあ、急ぎませんと」

「馬鹿を言え。俺たちだけでどうこうできる情勢じゃねぇだろう」

「それじゃあ、どうなさるおつもりで？」

「かわいそうだが、三国屋には犠牲になってもらうしかねぇだろうな」

「なんと」

「おいおいハチマキ」と、小馬鹿にしたような薄笑いを浮かべながら嘴《くちばし》を挟んできたのは、玉木である。

「お前は新参者だから知るまいが、打ち壊しを鎮める方法は、存分に暴れさせて、気の済むようにさせてやるより他にねぇんだ。あの大岡越前様だって、そうするしかなかったんだぜ」

「はぁ」

「打ち壊しの野郎どもめ、三国屋の店構えを打ち壊して、それで気が済めば勝手に長屋に引き上げるだろうさ」

玉木だけが特別に怠惰なわけでも、横着を決め込んでいるわけでもない。一揆《いっき》や打ち壊しへの対処法は、実質、それしかない。

卯之吉は村田に目を向けた。村田は険しい顔つきを余所《よそ》に向けている。村田としても、内心忸怩《じくじ》たる思いなのだ。

「そうですかえ。それじゃああたしは、一人で参ります」

それを聞いた玉木が「キャハッ」と奇声をあげて笑った。

「おいおい、死にに行くつもりかよ！　馬鹿な真似はやめておけ」

村田の鉄拳が玉木を襲った。ボカッと殴られた玉木は、真後ろに昏倒《こんとう》した。

村田は振り返って、卯之吉をギロリと睨んだ。

「本当に、行くのか」

「はぁ。そのつもりです」

「手前ぇと三国屋の付き合いは深《ふけ》ぇ。見捨てるわけにはいかねぇって気持ちもわかる」

一瞬、自分の正体が三国屋の卯之吉であることを知られていたのか、と思ったのだが、そういう意味ではないようだ。同心八巻と三国屋の癒着《ゆちゃく》の深さを指摘しているらしい。卯之吉の許には三国屋から、なにくれとなく付け届け（実際には祖父から孫へのお小遣い）が届くし、村田の許にも「八巻様をどうぞよろしく」と、金子《きんす》が送られてくる。

ここまで深い付き合いになってしまうと、見捨てるということができなくなる。ここで南町奉行所が三国屋を、形式だけでも救いに行かなかったら、江戸の豪商たちは南町奉行所に幻滅し、二度と進物や賂《まいない》を送ってこなくなるだろう。

だから八巻は命を捨てる覚悟で三国屋に向かうのだ——と、村田銕三郎は、誤解をした。

「ハチマキ、手前ぇってヤツは……」

オイラの見込み違いだった。お前ぇはてぇした同心だぜ。……などと村田は思い、目頭が熱くなるのを覚えた。

「だがよハチマキ、こいつばかりは命がけだぜ」

「はぁ。でも、あたしのような者がいなくなったところで、南町奉行所は痛くも痒《かゆ》くもございませんでしょう」

卯之吉は「それでは、御免下さいまし」と低頭すると、村田たちを残して、日本橋へと歩きだした。

村田は、プルプルと小刻みに震えながら、卯之吉の背中を見送った。

「なんだろうねぇ、村田さん。いつもと様子が違うみたいだったけど」

銀八も不思議そうな顔をしている。

「へい。あの旦那が頭ごなしに怒鳴りつけてこないなんて、珍しいことがあるもんでげす。玉木の旦那を殴って、気が済んだのかもしれねぇでげすな」

　卯之吉は小首を傾《かし》げた。

「季節の変わり目だからねぇ。何か、痛んだ物でも食べてしまったのかもしれないよ」

　などと言っているうちに、いよいよ日本橋室町に到着した。

「いやあ、集まったものだねぇ」

　通りを埋めつくした打ち壊しの暴徒を見て、卯之吉は賛嘆の声を上げた。

　美鈴がツンツンと袖を引いて注意を促す。

「あの者どもはみんな敵。気を弛《ゆる》めてはなりません」

「そうかえ？　江戸の町人衆は、商家にとってはお客様だし、同心にとっては護るべき民人だよ」

　そう言うと、いきなり、群衆の間に割って入った。

「御免なさいよ。ちょっと通しておくれな」

　割って入られた男たちが、いきり立った目を向けてきた。

「なんでぇ手前ぇは——あっ、巻羽織！」

　三ツ紋つきの黒巻羽織を見れば、誰でも一目で同心だとわかる。打ち壊しの者たちは、ある者は驚愕し、ある者はかえって怒気を滾《たぎ》らせた。

いずれにしても剣呑《けんのん》な状況だ。自棄《やけ》っぱちになった者たちが一斉に襲いかかってこようものなら、たちまちのうちに押しつぶされてしまう。

卯之吉だけが平然とした、あるいは超然とした物腰だ。

「はい、御免なさいよ。あたしは南町の八巻ってモンさ。ちょっと通しておくれなさいよ」

「みっ、南町の八巻様！」

周囲の者たちが顔色を変えた。

すかさず美鈴が、よく通る美声を張り上げた。

「南町奉行所同心、八巻卯之吉、押し通る！」

遠くの者には誰が名乗りを上げたのかはわからない。凛《りん》と響きわたる声の威勢に恐れをなした。

「八巻様だぁ！」

「人斬り同心の八巻様！」

群衆がサッと後退した。南町の同心、八巻卯之吉は、江戸でも五指に数えられる剣豪。凶悪な悪党や、剣客浪人を斬り捨てにしてきた強者《つわもの》である。また、夜な夜な市中を見回っては、辻斬り強盗を狩りたてているという噂もあった。

打ち壊しに集まった群衆は、数を恃《たの》み、破壊や暴力の衝動に酔っている。我を忘れて調子に乗った精神状態だったのだが、そんな者たちの頭に冷や水をぶっかけるような武名を、同心八巻は馳せていたのだ。

うっかり食ってかかったりしたら、即座に首を刎《は》ねられる。打ち壊しの者たちは慌てて八巻のために道を空けた。

普段なら、ここで江戸っ子たちは「八巻様ご出馬だぁ！」などと歓声をあげるところだし、女たちは、江戸三座の看板役者にも引けをとらないという噂の美貌を一目見ようと身を乗り出してくるわけだが、さすがにこの場ではそうもいかない。皆、粛然と息を飲んで、八巻一行を見守った。

卯之吉は視線を満身に浴びながらも、まったく意に介する様子もなく歩み続けた。大店《おおだな》の若旦那という、世間の常識から乖離《かいり》した育ち方をしたがゆえの物腰なのだが、傍目《はため》には、いかにも大物同心の、余裕ありげな姿のように映っていた。

三国屋の前には数名の浪人者が立ちはだかっていた。恐るべき胆力だが顔色は真っ青だ。ここで雇い主を見捨てて逃げたらもう二度と、用心棒としては働けなくなる。それがわかっているからこそ、逃げるわけにはいかないのだ。

一人だけ、平然とした顔つきの水谷弥五郎が店の中から出てきた。

「おう、八巻氏。お役目ご苦労だな」

「水谷様も、付き合いがよろしいのですねぇ」

今の水谷弥五郎は三国屋の用心棒ではないのだから、急を報せたら、あとは帰ってしまっても文句は言われなかったはずだ。

「なぁに。徳右衛門が特別に、二両も手当てを弾むと申すのでな」

良い稼ぎ口だと思い、居残ることにしたのだという。

八巻の名が耳に入ったのか、店の奥から徳右衛門が転がるような足取りで出てきた。

「これは八巻様！　よくぞお越しくださいました。手前のような一介の商人をお救いくださるためにわざわざ足をお運びくださいましたとは！　徳右衛門、八巻様のご厚情がなによりも嬉しゅうございますよ……」

感極まって大粒の涙を流し始める。これには見守る者たちがびっくりした。

三国屋の徳右衛門は傲岸不遜《ごうがんふそん》な性格で、人を人とも思わぬことで知られている。たとえこの場に将軍様が駆けつけてきたとしても、ちっとも有り難がりはしないだろう——と、そういう人物だと思われていたのだ。

それなのに、同心が駆けつけてきただけでこの有り様。八巻の黒羽織にすがりついて感謝感激、泣きじゃくっている。

一体全体、八巻という同心はどこまで大物なのか。皆、度肝を抜かれて見守り続けた。

卯之吉は徳右衛門に小声で訊ねた。

「店の者たちはどうしました」

「水谷先生からの報せを聞いて、とり急ぎ、向島《むこうじま》の寮に逃がしましたよ」

「それは良かった。同心姿のあたしを見られたら大事ですものねぇ」

打ち壊しの衆が襲いかかってきたら命はないというのに、そんなことを気にしている。

卯之吉は徳右衛門をそっと引き離すと、集まった群衆に向き直った。群衆がどよめいて、数歩、後ずさりをした。

「えーと、お集まりの皆さん」

卯之吉は裏返った声を細長く伸ばした。

「ええー、……なんと言って、説得したらいいのかねぇ？」

いきなり銀八に横目を向ける。銀八はひょっとこみたいな顔で、首を横に振った。

「あっしに聞かれても困るでげすよ」

「そうだよねぇ」

卯之吉はエヘンと咳払いをした。

「えぇー、皆さん。せっかくお集まりいただきましたけどねぇ、残念ですがこちらには、お足も、お米も、ないんですよねぇ」

卯之吉は細々とした声で訴えた。

「ですからねぇ、今日のところは、お引き取りいただけませんかねぇ」

卯之吉のか細い声は暴徒たちの耳には、ほとんど届かなかったし、仮に届いたとしても、その言い分を聞き入れる者はいなかったに違いない。

いきり立った職人風の男が叫んだ。

「オイラたちは米を食いてぇだけだ!」

「米さえもらえばそれ以上の乱暴をする気はねぇ!」

そうだそうだと皆が雷同する。

卯之吉は「あら」と銀八に目を向けた。

「だめだね。あたしの言葉に耳を貸すお人なんかいやしないよ。まぁ、そうだろうねぇ。こんな放蕩《ほうとう》者が、人様を説教しようってこと自体がおかしい」

「それどころじゃねぇでげすよ！　若旦那ッ、迫って来たでげす！」

打ち壊しの衆が、手に手に武器を構えてにじり寄ってきた。

「八巻氏、下がっておれ」

水谷弥五郎が卯之吉を庇って前に出た。

「あっ、乱暴はいけませんよ、水谷先生」

「こっちが乱暴をしたくなくとも、向こうは乱暴狼藉《ろうぜき》を働く気でいっぱいだ」

水谷弥五郎をはじめとして、三国屋が集めた用心棒は、みな一角《ひとかど》以上の剣客である。町道場を開いていても不思議ではない腕前だ。その者たちが真剣を振り回して奮戦すれば、最初の数十人ぐらいは斬り殺すことができるかもしれない。

しかし最後には衆寡《しゅうか》敵せず、雪崩《なだれ》を打って襲いかかる暴徒によって押し包まれてしまうであろう。

いずれにしても血の雨が降る。

（まるで、戦国の世ではございませんか）

卯之吉は、信じ難い、という顔つきをした。

（このお江戸で、本当に、そんな大惨事が起こってしまうのですかえ）

卯之吉だけではなく、用心棒たちも、それどころか打ち壊しの暴徒たちですら、信じられない、という気分であったはずだ。太平の世はもう二百年近くも続いている。平和と秩序が当たり前の世の中で、人の争いといえばせいぜい喧嘩口論ぐらいしか見たことがない。

それでも騎虎《きこ》の勢いは止まらない。打ち壊しの群衆は暴力に酔っている。理性などとうに、どこかに置き捨てにしてしまったようだ。

一触即発、今まさに暴徒が三国屋に雪崩れ込もうとしたその時、

「待てッ、待て待て待て――――ィ！」

通りの向こうから一喝が響きわたってきた。まさに獅子吼《ししく》。百獣の王が怒りに任せて吠えたような大声だ。暴徒たちも、思わず足を止め、声のした方に目を向けた。

通りを荷車が列をなしてやってくる。荷車には米俵が山と積まれていた。

荷車を宰領しているのは、緋猩々《ひしょうじょう》の毛頭に錦の陣羽織を着けた偉丈夫《いじょうふ》だ。真っ黒な肥馬《ひば》の腹を熊の毛皮の靴で蹴って、馬上豊かに駆け寄ってきた。

「越後山村藩主、梅本帯刀《たてわき》が三男、源之丞《の》である！　三国屋が買いつけし我が領内の糧米を運んで参った！　者ども、退きませィッ！」

梅本家の家紋の入った幟《のぼり》を立てた荷車が、次々と三国屋の前につけられる。飢

えた暴徒たちが呆気《あっけ》にとられて見守った。ここに集まった者たちの全員に、一石ずつ配ってもお釣りの出る量だ。

「さすがは三国屋さん、豪気なことをなさる」と誰かが思わず呟《つぶや》いた。

「おう、卯之さん、間に合ったようでなによりだぜ」

源之丞が鞍の上から挨拶を寄越してきた。卯之吉は惚《とぼ》けた顔で答えた。

「はぁ。間に合った……とは？」

源之丞は呆《あき》れ顔で言った。

「打ち壊しの暴徒どもを宥《なだ》めるために、米が要ったのではなかったのか」

「はぁ、結果としては、そういうことになりましたかねぇ……。なるほど、間に合って良かったですねぇ」

「お前ぇさんから預かった三百両を手付けにして、とりあえず千石ほど持ってきたぞ」

「おや。平時の相場でも一石一両でございますよ。しかも今は大雨で相場は高騰していいます。三百両では足りないでしょうに」

「このツケは後で払ってくれ」

「はい。お金のことでしたなら、どうぞご心配なく」

「うむ。それだけはまったく心配しておらぬわ」

卯之吉は小遣いの金を叩いて、源之丞の国許から米を持ってきてくれるように頼んでいたのである。荷車を引いている者の中には、梅本家の家臣に混じって、荒海ノ三右衛門とその子分衆の姿もあった。

荷縄が解かれ、米俵が次々と下ろされる。卯之吉は群衆に向かって叫んだ。

「さぁ皆さん。お米が到着しましたよ。見ての通りにたくさんございますから売り切れの心配はございません。常の相場の一升六十文でお分けいたしましょう。さぁ、奮ってお買い求めください」

打ち壊しの衆は呆然《ぼうぜん》と見守っていたが、すぐに我に返った。

「いけねぇ、銭と米袋を持ってこなくちゃならねぇ！」

慌てふためいて自分たちの長屋に取って返し始めた。

驚くべきことだが、江戸の大衆は打ち壊しや一揆を開始しても、相手の米屋が米蔵を開けて通常価格で販売するなら、おとなしく金を出して、米を買って帰ったのだという。江戸には諸国の大名がいるし、時にはオランダの商館員や、清国《しんこく》の外交官もやってくる。それらの者たちが江戸の市民の行儀のよさを、驚きと共に書き残している。

この時も、町人たちは金を払って合法的に米を手に入れる道を選んだ。やたらと威のある若君が馬上から睨みつけているし、恐ろしげな用心棒たちが刀の鞘《さや》に反りを打たせている。そしてなにより、南町奉行所一の傑物と謳《うた》われる八巻卯之吉が出張っているのだ。

乱暴なことをして斬り殺されたり、八巻の仕置きを受けるより、まともに金を払った方が何倍も利口であると、皆が理解していたのだった。

「行儀良く並べ！　関八州の街道や河岸の修築も進んでおる。あと二日のうちには公領から米が回送されてくるのだ。案じることなどなにもないぞ！」

源之丞が怒鳴り声を張り上げて、下々の者に言い聞かせている。

卯之吉は米俵の中に手を突っ込んで、米を確かめた。もちろん、精米されていない籾《もみ》つきの米だが、粒がみっしりと硬く、大きく膨らんでいた。

「これは、お見事なお米でございますねぇ」

源之丞は得意気に頷いた。

「さもあろう。越後は米所だ」

越後国は日本海側なので、この長雨にも祟《たた》られずに済んだ。源之丞は自国だけではなく、近在の大名家からも米を借り上げて来たようだ。

「三国屋のほうからも、ご挨拶をさせていただきますよ。もちろん、支払いも三国屋で持ちますのでご心配なく。……それにしても、公領の米もまだ入荷しないってのに、良く越後の米を運ぶことができましたねぇ」

「信濃を通って来たからな。三国屋が買いつけた米だと申したら、関所役人どもは何も言わずに通したぞ」

「ははぁ。常々嗅《か》がせている鼻薬が効きましたかね」

卯之吉はとんでもないことをサラッと言う。源之丞は、荷卸しに忙しい三右衛門にも目を向けた。

「街道筋ではあの者の顔も物を言った。あやつめがひと睨みしただけで、宿場の馬喰《ばくろう》も、河岸の船頭も、文句も言わずに荷を運んでくれたわ」

「それはようございました」

卯之吉は、米を買い求める町人たちに目を向けた。憑物《つきもの》が落ちたみたいな顔つきで金を払い、米を受け取っている。徳右衛門の指図で銀八と、荒海一家の子分たちが米商いの真似事などをさせられている。それがなにやら滑稽で、卯之吉はほんのりと微笑した。

源之丞は卯之吉に目を向けた。

「それで、南町の八巻は、この一件をどう裁くつもりか」

「どう、と仰《おつしや》いますと？」

「打ち壊しのために市中を練り歩いた罪は消せまい。いずれ、首謀者なりとも捕縛せずばなるまいよ」

「首謀者でございますかえ……」

卯之吉は小首を二、三度傾《かし》げてから、答えた。

「それなら吉原に、行ってみましょうかねぇ」

三

「姐《あね》さんッ」

角蔵が向こう傷の目立つ顔をしかめながら、大黒屋の裏庭に駆け込んできた。角蔵たちは塀や根太《ねだ》を直す人足という名目でこの吉原に入って来たので、どこにでも出入り自由だ。それを良いことに大黒屋の台所口をちょっと覗いて、お峰に向かって手招きした。

お峰は、人目を憚《はばか》りながら裏庭に出た。角蔵を物陰に引っ張りこんで叱責《しつせき》した。

「どういうつもりだい！　こんな姿を四郎兵衛番所の者に見られたらどうするのさ！」

「い、一刻も早く、知らせとかにゃあならねぇ話があったもんで」

「なんだい」

角蔵は冷や汗まみれの顔を震わせた。

「打ち壊しの連中が、企だてたとおりに三国屋に向かったんでやすが……」

「どうなったんだい」

「どうやら、南町の八巻が出張ってきやがって、打ち壊しの衆を叱りつけ、騒動を収めちまったようなんで……」

「なんだって！　そんな馬鹿な」

「オイラだって信じられねぇ。腹を空かして息巻いている、千人にも達しようかってぇ連中を鎮めちまったんだ。打ち壊しを、なかったことにしちまったようなんでさぁ」

お峰は血の気の引いた顔で歯ぎしりした。角蔵が面目なさそうに顔を伏せる。

「やっぱり松川の野郎が先に立っていねぇと、駄目だったってことですかねぇ」

「今更そんなことを言ったって詮《せん》ないだろうさ」

お峰は腹立たしげにいきり立っていたが、すぐに平静さを取り戻した。

「……なぁに、打ち壊しの衆に三国屋を襲わせようってのは、八巻を倒すための次善の策さ。八巻を殺す奥の手は、この吉原に仕掛けてあるんだからね」

お峰は角蔵を睨みつけた。

「その仕掛け、ちゃんと用意できているんだろうね」

「そりゃあもう。姐さんの言う通りにしやしたぜ」

「ようし、それじゃあいいね。次に卯之吉が来た時に、やるよ」

「へい」と角蔵が答えたその時、

「お峰、お峰、いないのかい」

大黒屋の内儀の声がした。

「はぁい」と、お峰は純朴そうな作り声で答えた。内儀は、姿の見えないお峰に向かって叫んだ。

「三国屋の若旦那がおいでになるよ。台所の用意をしておくれ」

卯之吉が登楼した時には、大黒屋の台所は大忙しとなる。調理や酒の燗《かん》をつけるために、すべての竈《かまど》に火を入れておかねばならない。

お峰は内儀に返事をしながら、鋭い眼光を角蔵へ向けた。

「飛んで火に入るなんとやらだ。好都合だよ。打ち壊しの騒ぎで四郎兵衛番所の男衆も吉原の外に警戒の目を向けている。ようし、手筈《てはず》どおりにやるよ」

角蔵は緊張した顔つきで頷いた。

「その混乱に乗じて姐さんは、卯之吉の野郎をバッサリと……」

首の所で手刀を切る仕種をする。

「しかし姐さん、どうして三国屋をそうまでして潰さにゃあならんのですかい。姐さんの仇は八巻でしょうに」

「これには深いわけがあるのさ。……話したところで、すぐには信じられないだろうよ。さぁ、急ぐよ。卯之吉を始末してから、本当の話を聞かせてやる」

「へい。姐さんのことだ、抜かりはございますめぇが、お気をつけなすって」

角蔵は塀の破れ目から出ていった。

お峰は、振り返って大黒屋の二階座敷を睨んだ。

「八巻卯之吉、年貢の納め時だよ。今夜こそお前の息の根を止めてやる」

お峰は台所へと戻った。

「どこへ行こうというのだ、八巻氏」

水谷弥五郎が卯之吉に訊ねた。

卯之吉は吉原を目指して進んでいる。気は急《せ》いているが、それでもしっかりと町人の姿に着替えてきた。吉原に出入りできなくなってしまうのが嫌だから、今回を限りに自分の正体を明かすつもりはない。

卯之吉の背後には、水谷弥五郎と美鈴が従っている。

こういう場合には普通、先頭を切って走る同心をお供の者が追いかける、という形になるはずなのだが、なにしろ卯之吉は足が遅い。卯之吉に先頭を切らせるために、二人は歩速を緩めなければならなかった。水谷などは肋骨を折っているはずなのだが、それでも苦にした様子もない。

卯之吉は一人で息を喘《あえ》がせながら答えた。

「吉原に、この一件の黒幕がいるように思えてならないのですよ」

「なぜ、そう思うのだ」

「なぜって、あの松川さんってお人を襲った悪党は、松川さんとお咲ちゃんが吉原で話しているのを見つけて、追いかけて来たって言うじゃないですか」

「うむ。四郎兵衛番所の男衆の話では、気を失わせたお咲を背負って大門を出たということだったな。つまりは吉原で働いている者だということか」

「おそらくそうでしょう」

美鈴も険しい顔をした。

「悪党どもめ、旦那様が火男《ひょっとこ》の一味をお縄に掛けて、吉原を綺麗に掃除なさったというのに、またぞろ、吉原に巣くったのか」

闘志を漲《みなぎ》らせ、すっかり男言葉になっている。

卯之吉はさらに思案を巡らせた。

「もしかしたら……」

「なんだ、八巻氏」

「もしかしたら、火男一味の残党が、まだ残っていたのかも知れない」

「油虫のようにしつこい悪党だな」

卯之吉は、寺社奉行所の大検使の、庄田朔太郎《しょうださくたろう》に聞かされた話を思い出した。なんでも、卯之吉の命を執拗《しつよう》に狙っている女悪党がいるという話であった。

(吉原なら、女悪党が身を隠すにはうってつけだね)

それから「ああ」と、ため息をついた。

(やっぱり、荒海の親分さんに、一緒に来てもらった方が良かったかもしれないねぇ)

三右衛門なら江戸中に潜んだ悪党の顔と名前に通じている。おそらく、すぐに見分けることができたはずだ。

しかし、この吉原は四郎兵衛番所の縄張り。赤坂新町の俠客が迂闊《うかつ》に踏み込むことはできない。俠客の仁義を踏みにじることになるからだ。

困ったねぇ、などと呟きながら卯之吉は、五十間道を通り、吉原大門をくぐり抜けた。

四

卯之吉は、とりあえずいつものように大黒屋に登楼した。大黒屋の主人がまさに大黒様のような笑顔で挨拶に来た。

「これは三国屋の若旦那様。ようこそお越しを」と言いながら、チラリと視線を横に向ける。

「そちらは、南町の八巻様の、お供の方々でございましたね」

水谷弥五郎と美鈴の顔も覚えていたようだ。

いったいどうして、八巻の手下として働いている（と、吉原の人たちは思い込まされている）二人が、三国屋の若旦那と一緒にやってきたのだろうか、と訝《いぶか》っている様子である。

「もしかして、八巻様もお越しになるのでしょうか」

「いや、あのね――」

卯之吉が答えかけたところへ、急いで水谷が言い被せた。

「八巻氏は来ぬ。我らのみでの探索だ」

卯之吉は呑気者だから無意識にとんでもないことを口走りかねない。水谷としては気を使わなければならない場面だ。

「左様でございますか」

大黒屋は、少し残念そうな顔をした。

「なにやらお咲とその父親のご浪人様が曲者《くせもの》に襲われたとか――」

「そうそう」

卯之吉はポンと手を叩いた。

「お咲ちゃんのおとっつぁんは無事に峠を越したさ。十日も寝かせとけば起き上がれるようになるだろう」

「はっ？　あの……、どうして若旦那様が、そのようなお話をご存じなので」

水谷が急いで嘴を挟む。

「八巻氏の頼みで、蘭方の医工を紹介してだな、そのぅ、つまり……、込み入った事情があるのだ！　お上の御用に立ち入るつもりかッ！」

　とりあえず怒ったふりをして誤魔化した。

「滅相もございませぬ。……それでは、お咲を呼びましょうか。今は四郎兵衛番所に匿《かくま》われておるのですが」

「そうだねぇ。そうしてもらおうかねぇ」

　卯之吉がプカーッと煙管をふかしながら言う。弥五郎は慌てた。

「ならぬ！　お咲は悪党につけ狙われておるのだぞ！」

　これから悪党退治の段取りをつけねばならないというのに、面倒な話を増やすのは御免だった。

　主は、なんだか面倒な客だなぁ、と思いながらも顔つきは変えずに言った。

「それでは早速に、お酒とお料理をお持ちしましょう。菊野太夫もお呼びしますので、暫《しば》しのご猶予を」

　卯之吉は「うん」と頷いた。水谷弥五郎と美鈴はアングリと口を開けた。

　主が下がると、水谷弥五郎がすかさず卯之吉に詰め寄った。のだが、同じように美鈴が詰め寄ってきたので、水谷はコソコソッと後退した。

「我らは、遊興に参ったのではございませぬぞ！」

美鈴が卯之吉を詰《なじ》る。

「もう二度と、美鈴を一人にはせぬとお約束してくださいましたのに……」

急に女らしくなって、袖などをいじり、目には涙まで滲《にじ》ませた。

水谷も「ウンウン」と頷く。

「左様、女遊びなどもってのほか！　……といって、この娘と添い遂げるというのも良くない！」

何が言いたいのか、よく分からない。

卯之吉は遊興のことになると他人の感情を忖度《そんたく》しない。遊び人とはそう言うものだ。

「まぁ、吉原に来て、何もしないで帰ったのでは、疑われましょうから」

これも敵の目を欺《あざむ》くための策ですよ、などと、心にもない言い訳をした。

美鈴は卯之吉に訊ねた。

「それならば、どうやって悪党をあぶり出すのでございましょうか」

「うむ、そのことだ」水谷が相槌を打つ。

「そうですねぇ。ちょうどいい。聞いてみましょうか」

大黒屋の主が戻ってきた。

「幸い、菊野太夫にはお座敷がかかっておりませんでした。すぐに行列を組んで参られましょう」

「それは良かった。……ううむ、先触れ（予約）もなく吉原にやってきて、吉原一の太夫を座敷に呼べるとはねぇ」

それだけ客が少いということだ。

「吉原としては、困ったことだねぇ」

大黒屋の主も少しばかり顔をしかめた。

「この長雨と大水でございますから。お得意様も出歩くのをお控えなさっておられるご様子でして」

「そうだろうねぇ」

「市中では打ち壊しの噂もございます。豪商様方は家財の運び出しに忙しく、とてものこと、吉原で遊んでいる余裕はございませんでしょう」

「そうだろうねぇ」

「三国屋様は、大丈夫《じ》なのでございますか」

水谷弥五郎が焦れた。

「楼主に聞くことがあったのであろうがッ」

「あっ、そうでした。……ええとですね」

「なんでございましょう」

「こう、幽霊のように痩せていて、顔色の悪いご浪人様と、お顔に向こう傷のある大男に、お心当たりはございませんかねぇ」

「ああ、それなら」と、主はすぐに当たりをつけて答えた。

「この吉原に入っている人足の中に、そのようなお人がおりましたよ。大水で痛んだ塀やなにかを修築するために、ご贔屓《ひいき》様が送ってくださった人足の衆でございまして。はい。この大黒屋でも、塀の修理を頼みました」

　水谷弥五郎と美鈴の顔つきが変わった。一瞬にして殺気立つ。それに気づいて主の顔色も変わった。

「あのぅ、それが何か……？」

　水谷弥五郎は眼光鋭く、主を睨みつけた。

「その者どもは、今も、この見世の仕事にかかっておるのか」

「さぁて、あちこちの見世や、吉原の四周に巡らせてある塀の修理にかかっておるようですので……」

　水谷は美鈴に目を向けた。

「顔はわしが見覚えておる」

　美鈴は黙って頷いて、畳に置いてあった刀を引き寄せた。

　水谷弥五郎は大黒屋の主に言った。

「御用の筋での詮議となる。もしかしたら捕り物になるかも知れぬ。見世の者たちを表に出すな」

「えっ、あの、もし……」

　突然のことでどう対処したら良いものかもわからず、泡を食っている主と、いつものように悠然と煙管など咥《くわ》えている卯之吉を残して、二人は階下に下りた。下足番に命じて履物を出させて外に出る。

　水谷は美鈴に言った。

「まずは四郎兵衛番所だ。事と次第を伝えて大門を閉じさせねばならぬ。それから人数も出してもらわねばならぬだろう」

　二人は四郎兵衛番所に走った。

「あっ、これは、八巻の旦那の……」

　番所には頭分の四郎兵衛が詰めていた。四十ばかりの強面の男で、そこいらのヤクザ者などよりよっぽど凄みの利いた顔をしている。

四郎兵衛も二人の顔を覚えていた。それを幸いにして水谷は、大上段から、切り口上に物申した。

「我らは八巻氏の命を受けて参った。この吉原に、江戸市中を騒擾《そうじよう》せんとする悪党どもが潜んでおる！」

「なんですって。そいつぁ八巻の旦那のお見立てでございますかぇ」

「無論だ。すぐさま大門を閉め、悪党が出られぬようにしてもらいたい」

「そっ、それにゃあ、吉原総代の、三浦屋《みうらや》の旦那のお指図が要りやすが……」

「吉原には十分に恩を売ったはずだ！　総代に否とは言わせぬぞ。急げ！」

怒鳴りつけられ腰を上げたのでは、四郎兵衛番所の四郎兵衛の名に傷がつくというものだが、四郎兵衛も同心八巻には心酔している。

「八巻の旦那のお指図だってんなら否も応もねぇ。ようがす。あっしの一存で大門を閉めさせていただきやす」

四郎兵衛は表に出て、男衆たちに「おいっ」と命じた。男衆が大門にとりついて門扉を閉ざし始める。いままさに吉原に入ろうとしていた客たちが驚いて詰め寄ってきた。

「おいおい、なんだよ、今夜は総仕舞いかよ」

「ここまで来たのに、客を入れねぇって話があるかい！」

門扉を閉めようとする男衆と、開けさせようとする客の間で悶着《もんちゃく》が起こった。

四郎兵衛は強面の顔をしかめさせた。

「仕方がねぇなぁ。ちょっくら言い聞かせてきやすぜ」

彼が大門に足を向けようとしたその時、凄《すさ》まじい轟音《ごうおん》が吉原中に轟《とどろ》き渡った。

水谷も、美鈴も、四郎兵衛も、皆、腰を屈めて頭を抱えた。それほどまでに大きな音と、衝撃を感じたのだ、
四郎兵衛が仲ノ町に目を向けた。

「落雷か！」

近くに雷が落ちた時の音と衝撃に良く似ている。

「いや、違う！」

水谷は刀に反りを打たせながら走り出した。

「これは、火薬《ひぐすり》の破裂音だ！」

美鈴と四郎兵衛も続いて走った。建ち並んだ遊廓の屋根越しに白い煙が立ちのぼるのが見えた。

「見ろ！　あれは、大黒屋の辺りだぞ！」

水谷が叫び、美鈴は「旦那様！」と悲痛な声を上げた。

「しかし、どうやって火薬なんかを……！」

四郎兵衛が走りながら叫ぶ。

確かに火薬はこの江戸では、江戸城の火薬蔵ぐらいにしか置かれていないはずだ。後は少量が大名家の鉄砲足軽によって管理されている。

「火薬が吉原に持ち込まれるなんてこったぁ、考えられねぇ」

水谷が大股に走りながら答えた。

「鉱山では、鉱脈を崩すのに火薬を使うぞ。わしも、下野《しもつけ》の足尾で見たことがある」

鉱山には大勢の人足が集まるので、賭場も盛んに開帳されている。賭場の用心棒を生業《なりわい》としていた水谷は、足尾鉱山で火薬の威力を目の当たりにしていたのだ。

「山師が悪党に手を貸したのかも知れぬ。江戸には花火職人もおろう。悪党どもがその気になれば、少量の火薬を手に入れることなどわけもない」

三人が大黒屋に近づいたとき、「うわああっ」と女たちの喊声《かんせい》が聞こえてきた。

「なっ、なんだ！」

四郎兵衛が目を丸くする。大黒屋の籬《まがき》が内側から蹴り破られ、着の身着のままの女たちが、髪を振り乱しながら走り出てきたのだ。

「あれは、警動で捕まえた岡場所の女郎どもだ！」

大水の手当てや打ち壊しの警戒で忙しく、放置された形になっていた女たちが、自由を求めて走り出してきたのだ。

逃げなければ一生、吉原で奴隷のように奉公させられるか、地方の宿場に売り飛ばされる。先行きにまったく救いがないと知っているからこそ、女たちは必死だ。大黒屋の台所で奪った包丁を振り回している者までいた。

四郎兵衛は歯嚙みして悔しがる。

「火薬を使って、女郎たちを閉じ込めておいた蔵を破りやがったのかッ？」

さらには吉原のいたるところから「塀を破られた」だの「囲いが倒された」だのと、牛太郎たちの叫び声が聞こえてきた。

「どうやら、吉原の修築を名目にして入ってきた職人どもは、すべて敵の回し者だったようだな」

水谷がそう言うと、四郎兵衛が目を剝いて問い質《ただ》してきた。

「敵ってのは、何者なんで!」

「わからぬ。おそらくは、打ち壊しを策した者と同じ……」

と言いかけて、突然、水谷弥五郎の動きがピタリと止まった。

「どうなすったんで」

弥五郎の顔からみるみるうちに血の気が引いた。脂汗がタラタラと滴り始めた。

通りを、女たちが群れを成して走ってきたのだ。水谷弥五郎は、犬嫌いの者が犬の群れと鉢合わせしたような顔で固まっている。大の苦手の女たちが雪崩を打って走ってくるのだからたまらない。「ひいいっ」と情けない声を上げて近くの小道に逃げ込んでしまった。

美鈴もどうすれば良いのか見当がつかない。女たちに「見世に戻れ」と言うのは残酷だ。心情的には、逃がしてやりたい。

四郎兵衛は左右に目をやって、手下の男衆がいないことに気づいて舌打ちした。

「ちっくしょうめ! 吉原の外にやっちまったぁ」

打ち壊しの動静を探らせるために、吉原の外に大勢を放っていたのだ。

女たちは大門に殺到した。その時、顔に向こう傷のある大男が、

「そっちじゃねえ！　吉原の囲いを破るんだ！　こっちぃ来な！」

と叫んだ。女たちは声のした方に走る。

「あっ、あいつは」

美鈴はすぐに覚《さと》った。お咲を拐《かどわ》かそうとしたうえに、その父親まで殺そうとした悪党だ。今は、不幸な女たちを逃がそうとしているから善人に見えるが、その善行も、なんらかの悪事に繋《つな》がっているのに相違あるまい。

「待てッ」

美鈴は向こう傷の男を追って走った。


卯之吉は大黒屋の座敷に座っている。

「いやぁ、驚いたねぇ」

いきなり裏庭にある蔵の扉が火薬で爆破されたのだ。蝶番《ちょうつがい》を壊すためだけの爆発であったが、それでも大黒屋全体が大きく揺らぐほどの衝撃だった。襖や障子が外れて、何枚か吹き倒されている。

（蔵の中には警動で捕まったお女郎さんたちがいたんだねぇ）

まったく気がつかなかった。迂闊であった。

（お咲ちゃんの身柄を買い戻したときに、一緒に助けておけば良かった）

などと思ったのだが、もう遅い。いずれにしても自由になった女たちは大黒屋の二階を蹴破り、あるいは裏の塀を倒して逃げ散ってしまった。

「頑丈な蔵の中にいたお女郎さんたちの方が、無事だったんだねぇ」

大黒屋の牛太郎たちは爆発で怪我を負っている。

「どうれ。手当てでもしてこようかねぇ」

卯之吉が腰を上げようとした時、座敷に一人の女が入ってきた。片襷をかけて腰には前掛けをしている。卯之吉はこの女の顔に見覚えがあった。台所の下働きだ。

「ええと、お峰さんでしたかねぇ。おや、あんたはどこにも怪我を負っていないようだ。よかったねぇ」

お峰は何も答えず、蛇のように冷たい目で卯之吉を睨みつけてきた。

「おや、どうしなすったえ。そんなに怖いお顔をなすって」

卯之吉がそう言った瞬間、お峰は腰の後ろに手を回し、帯の結びに隠してあった刃物を抜いた。懐剣を細くしたような独特の刃物だ。柄を逆手に握って顔の前で構えた。

　卯之吉は何がなんだかわからず、目を丸くしている。

「な、なんですね、それは……」

「三国屋の卯之吉」

「あい」

「その正体は、南町の同心、八巻！」

　決めつけられて卯之吉は、たいそう困った顔をした。それから、少し、落胆したように肩を落とした。

「ついに、あたしの正体に気づいたお人が現われたんですねぇ。そうですよ。あたしは同心の八巻。そして放蕩者の卯之吉。……それであなたは？　あたしの秘密に気づいて、それでどうなさるおつもりかねぇ。黙っていてくれるのなら、この金子《きんす》を……」

　などと、懐の財布をまさぐりはじめる。

「お黙りッ」

　一喝されて卯之吉は、座ったままピョンと跳ねた。お峰は酷薄そうな笑みを口元に浮かべた。

「あたしが誰か知りたいってのかい」

　卯之吉は首を横に振った。

「いいえ。無理に教えてくれなくてもいいですけれど」

「お黙りッ！　このあたしの名はお峰。お前が一網打尽にした夜霧《よぎり》ノ次郎兵衛《じろべえ》一味の残党さ」

「おやまぁ」

「あんたの息の根を止めることが、仲間たちへの供養になるんだ。……フフフ、とうとうその日がやって来たねぇ」

　お峰が刃物を構えながら迫ってくる。卯之吉は立ち上がろうとして、ストンと尻餅をついてしまった。

　お峰は甲高《かんだか》い声で笑った。

「そろそろ効いてきた頃合いさ。手足が痺《しび》れて力が入らないだろう。あたしが運んだその銚釐《ちろり》にね、痺《しび》れ薬を入れておいたんだよ」

「おや、なんと恐ろしい」

「三国屋の遊び人は酔狂にも、ヤットウの稽古までしていたらしいね。江戸でも五人といない剣豪だって評判じゃないのさ」

「ああ、それでしたら――」

「せっかくの剣術も、手足が痺れちまったんじゃ役に立たないねぇ。アハハ。いい気味だ」

「いえ、ですから、それは――」

「叫んでも無駄だよ。今、この大黒屋には誰もいない。主人も牛太郎も、岡場所女郎を追っていっちまったのさ。あたしが手懐《てなず》けた吉原の女郎も吉原中で騒動を起こしている。四郎兵衛番所の男衆もそれに掛かりきりってわけさね」

「ははぁ、ずいぶんと周到な手回しでございますねぇ」

「せっかくだ。南町の同心、八巻様の最期の有り様を聞かせてやろうじゃないか。荒海一家が張りついている八巻様も、吉原では一人きりだ。このお峰様があんたを易々と殺す。そして吉原から死体を運び出す。普段は四郎兵衛番所の男衆が目を光らせている大門も、今日ばかりは素通りさ。あんたの死体を運び出したって、呼び止める者なんかありゃあしないってわけ」

「ほう、それで？」

「あんたの死体をどこかの町中に転がしておいてから、もう一人、吉原から逃げ出した安女郎を殺して、死体同士で仲良く添い寝をさせるのさ。あんたは安女郎と相対死にってわけ。評判の同心が岡場所の安女郎と心中だなんて、外聞が悪くて仕方がないだろう。これで八巻の評判も地に堕《お》ちる。南町の面目も丸潰れってわけさ！」

お峰は刃物をキッと構えて、にじり寄ってきた。卯之吉は尻餅をついた格好のまま、満足に身動きもできない。

お峰は勝利を確信した。

「死ねッ」

刃物を鋭く突き出して、卯之吉の胸を貫こうとしたその時、卯之吉はヒョイと身を起こして、脱兎《だっと》の如くに走り出した。そのまま窓の手摺りを乗り越えて、屋根に逃れ、下の道に飛び下りてしまった。

まるでゴキブリのような素早い動きであった。

「馬鹿な！　痺れ薬をたっぷりと飲ませてあったはずだよ！」

お峰は卯之吉を追って窓から飛び出そうとした。そこで彼女が見たものは、二階座敷を指差して何かを訴えている卯之吉と、その言を聞いて二階座敷に目を向け、お峰を視界に捕らえた水谷弥五郎の姿であった。

水谷弥五郎が大黒屋に飛び込んでくる。階段を駆け上る足音が聞こえてきた。

襖を蹴破って、座敷に押し込んできた。

「黒幕は貴様かッ、女狐め！」

お峰は進退窮まった。窓から逃げようとしても、下には八巻が待ち構えている。

一瞬の逡巡《しゅんじゅん》を突いて、水谷弥五郎が突進してきた。

お峰とてただの女ではない。海千山千の殺し屋だ。すかさず刃物を突き出したが、暗殺用の小刀では剣客浪人に対抗できるはずもなかった。

水谷弥五郎は脇差を抜いて、お峰の刃物を打ち払った。そして脇差を握ったまま、その握り拳をお峰の腹部に叩き込んだ。

「ぐふっ……！」

お峰はその場に崩れ落ちた。水谷弥五郎は刀の下げ緒を解くと、お峰の手足を海老《えび》反りに縛りつけた。お峰は既に、気を失っている。

「ふうーっ」と息を吐くと水谷は、気を静めようとして、座敷にあった銚釐を手に取った。注ぎ口を口に咥《くわ》えると、ゴクゴクと豪快に飲み干した。

そこへ卯之吉が入ってきた。

「どうなりましたえ、水谷先生」

水谷は、クイッと顎をしゃくって、お峰を示した。

「見ての通りだ」

「このお人が、夜霧ノ次郎兵衛一味の残党だったのでございますねぇ。何度も顔を合わせていたのに、まったく気がつきませんでしたよ」

「呑気に遊び呆《ほう》けておるからだ」

「ハハ、一言もございませんねぇ」

「しかしこの女、どうして毒を飲ませようとしなかったのであろうな。お主の座敷へ酒を運んでおったのだろうに」

「はぁ、毒は入ってましたよ。でもあたし、ちょっと臭いをかいで、これは変だ、いつもの酒と違う、悪くなっているのかな、と思ったので、飲まなかったのですよ」

卯之吉は利き酒の名手でもある。臭いをかいだだけで産地を当てることができるほどだ。痺れ薬の異臭はほんの微《かす》かなものであったが、卯之吉の鼻を誤魔化すことはできなかった。

「左様か。さて、こうしていても仕方がない。この女は番所に突き出すことにしよう」

水谷弥五郎は腰を上げようとして、ストンと尻餅をついた。

「な、なんだ！」

卯之吉は、ほんのりと微笑しながら問い質《ただ》した。

「もしかして、この酒を飲んじゃいましたかね？」

「な、ななな……。なんだこれは！　手足が痺れて……！」

卯之吉は水谷弥五郎を放置して、二階の窓から外を眺めた。

「なんにしても、捕まっていた女郎さんたちが逃げられたことだけは、良かったですねぇ」

「ちっとも良くないッ！　八巻ッ、おのれは蘭方医であろうが！　なんとかいたせッ。いや、してくれッ」

卯之吉は、(さあて困った。この大きなお身体を、どうやって運び出せばいいのでしょうねぇ)などと考えた。

五

「お峰が捕まったようだな」

山嵬坊が向こう傷の角蔵に質した。

角蔵は美鈴に追われたが、大勢の女郎を盾に使って、ようやく逃げのびたところであった。

薄暗い部屋だ。近くで水の流れる音がしている。下谷広小路の料理茶屋ではないようだ。

角蔵が両膝を揃え、両手を畳についた。

「面目ねぇ。あっしがついていながら姐さんは、八巻の手下の、水谷弥五郎ってぇ浪人に捕まっちまいやした」

「水谷弥五郎か。聞いたことはある」

「へい。坂東《ばんどう》の北の方じゃあ、ちっとばかし名の通った人斬りだそうで」

「八巻め。ますます油断がならならねぇな」

「だけど親分」

角蔵は部屋の隅の暗がりに目を向けた。柱を背にして、痩せた浪人が黙々と酒を飲んでいる。

「浜田先生のほうが水谷より強《つえ》ぇや。四郎兵衛番所の連中が来なけりゃ、きっと、水谷をやっつけていやしたぜ」

「そうかい。浜田先生、お峰はこんなことになっちまいやしたが、今後とも宜《よろ》しくお願いしますぜ」

浜田は無言で顎を引いた。

「へへっ。まぁ、好きなだけ飲んでいってておくんなせぇ」

浜田は黙々と盃を呷《あお》り続ける。角蔵は山嵬坊ににじり寄って、声をひそめながら訊ねた。

「これから、どうなさるおつもりで」

「おう。お峰も捕まったし、荒海一家の連中はしつこくオイラの周りを嗅ぎ回っていやがる。そのうえ打ち壊しを煽《あお》るような真似までしちまったんだ。いくら寛永寺でも俺を庇《かば》いきれめぇよ。寺社奉行所の検使が入る前《め》ぇに逃げ出すとするぜ」

そう言ってから山嵬坊は舌打ちをした。

「南の八巻にちょっかいをかけたばっかりにこの様だぃ」

「へい。オイラもおっかなくて、夜道もおちおちと歩けねぇ」

「だからといって、このまま逃げ回っているのも芸がねぇ。この山嵬坊、ひとつ褌《ふんどし》をひっ締《ち》めて、かからにゃあなるめぇよ」

「と言うと？」

「こっちが狩られる前《め》ぇに八巻を狩るんだ」

山嵬坊は浜田に目を向けた。

「幸い、こっちには浜田先生っていう強ぇ味方がついたことだし、下谷広小路の山嵬坊の名に賭けて、八巻を討ち取らにゃあなるめぇよ」

山嵬坊の顔つきは険しく引き締まっている。こんな顔をするのは、徒手空拳、闇の世界の顔役に駆け上っていった若い時分以来のことだ。

「拙僧も、女なんぞに料理屋をやらせて、すっかり腑抜けになっていたぜ。若《わけ》ぇ頃には失うものなど何もなかった。今もそんな気分だ」

「へい」

「殺《や》るか、殺られるか。すべてを失うか、八巻を殺して、江戸の闇の総元締に上り詰めるかどっちかだ。角蔵よ、ここが勝負のしどころだぜ」

凄みのある顔を向けられて、角蔵はブルッと身震いを走らせた。

空は明るく晴れ渡り、青空の彼方に入道雲が膨れ上がっている。

「あんなに雨ばっかり降っていたというのに……」

夏の陽光に照らされた道は、ジリジリと焼けて白く乾き始めていた。

「毎年のことながら、季節の移ろいには目が回る思いだねぇ」

卯之吉は扇子を広げて、目の上に翳《かざ》した。

乾いた街道をひっきりなしに荷車が通っている。関八州の公領から集められた米が続々と江戸に運び込まれているのだ。

ごったがえす板橋宿の高札場の前に卯之吉と銀八、そして寅三が立っていた。

中山道は武蔵を通って上野国《こうずけのくに》に伸びている。

「見送りは、ここまでで結構にござる」

松川八郎兵衛が笠を取って低頭した。

「三国屋の卯之吉殿には、娘のみならず拙者まで、大変な恩義を受け申した。寅三殿から娘が受けた恩義は申すまでもない。拙者《せっしゃ》、なんとお礼を申せばよいのやら……」

「あっ、いいんですよ、そんなことは」

卯之吉は感謝をされるのが苦手だ。慌てて両手を振った。

松川の傷は塞《ふさ》がったばかりだ。両脇を近藤右京と娘のお咲が支えていた。

松川八郎兵衛は、街道を行き交う荷車を見た。

「三国屋殿が私財を投げ打って、街道や河岸の修築をなされていたとは……。我ら浅慮にも、三国屋殿を、私利私欲にかまけた悪徳商人であるなどと決めつけてしまい……」

「いやぁ、仰《おつしや》る通りですよ。街道や舟運が動き出さないことには三国屋は商売になりませんからねぇ。これもまぁ、私利私欲のためなのでございまして」

「それこそがまさに経世済民！　我ら、学問を学びながら、その実を理解してはいなかったのでござる！」

松川は顔を震わせて、心情を吐き出した。

「せ、拙者、あろうことか、打ち壊しの者どもに三国屋を襲えなどとけしかけてしまい……」

「ああ、知っています。でも、改心なさって、三国屋に急を報せようとなさり、そのせいで悪党に命を狙われたのでしょう？　感謝をせねばならないのはこちらの方ですよ」

底抜けのお人好しで、少しばかり頭の足りない人柄なのでは、と思わせるほどだが、松川は、感動のあまり涙を流した。

「まさに、海のように広いご厚情……」

感謝されるのが苦手な卯之吉は、松川一行を促した。

「あなたがたは打ち壊しの首謀者ですからね。お役人様方に見咎《みとが》められる前に、早くお逃げなさいまし」

　自分が同心であることなどすっかり忘れて、そんなことを言った。

　松川は更めて低頭した。

「それではこれにて。卯之吉殿、幾久しくお健やかに」

「あい。松川様も、くれぐれも御養生なさいまし」

　八郎兵衛の横のお咲も頭を下げた。

「卯之吉様、寅三さん。咲も、御厚情は終生忘れませぬ」

「あい。お咲様もお元気で」

　寅三も強面の顔を綻《ほころ》ばせた。

「あまり無茶はなされませぬように」

　三人は卯之吉たちに頭を下げて、夏の街道を歩きだした。濃い陽炎《かげろう》に紛れて、すぐに姿が見えなくなった。


　卯之吉と銀八は、江戸に戻る途中で、寅三と別れた。

「さぁて。あたしらも帰るとするかねぇ」

　銀八は「へい」と頭を下げた。

「帰る先は、吉原でげすか、それとも深川？」

「何を言ってるんだい。八丁堀の屋敷だよ」

「へっ、若旦那がまっすぐお屋敷にお帰りになるなんて。……ははぁ、美鈴様でげすな。このぉ、女たらし！　憎いよッ！」

「何を言っているのさ。お足だよ。お足がないんだよ」

「へっ？」

「三国屋の金蔵は空っぽなんだ。あたしが吉原で遊ぶための金が残っているわけがないじゃないか」

「へっ、ってぇこたぁ、このあっしもお払い箱……」

炎天下、顔を真っ青にした銀八に、スタスタと歩きはじめた卯之吉が振り返って声をかけた。

「なにをしてるんだい。早くついておいでな」

「へっ、只今！」

銀八は滑稽なガニ股で走り出した。

双葉文庫

は-20-07

大富豪同心《だいふごうどうしん》

水難女難《すいなんじよなん》

2011年9月18日　第１刷発行
2024年1月22日　第10刷発行

【著者】
幡大介《ばんだいすけ》

【発行者】
箕浦克史
【発行所】
株式会社双葉社
〒162-8540 東京都新宿区東五軒町3番28号
［電話］03-5261-4818(営業部)　03-5261-4833(編集部)
www.futabasha.co.jp(双葉社の書籍・コミックが買えます)
【印刷所】
株式会社新藤慶昌堂
【製本所】
大和製本株式会社
【カバー印刷】
株式会社久栄社

【フォーマット・デザイン】
日下潤一

ISBN978-4-575-66521-5 C0193
Printed in Japan